U0566070

名家散文经典译丛

置身于苦难
与阳光之间

——

〔法〕阿尔贝·加缪 著

杜小真 顾嘉琛 译

人民文学出版社
PEOPLE'S LITERATURE PUBLISHING HOUSE

Albert Camus
SELECTED ESSAYS

Simplified Chinese edition copyright © 2019 by
Shanghai 99 Readers' Culture Co., Ltd.
All rights reserved.

图书在版编目(CIP)数据

置身于苦难与阳光之间/(法)阿尔贝·加缪著；
杜小真,顾嘉琛译.—北京：人民文学出版社，2019(2024.5 重印)
(名家散文经典译丛)
ISBN 978-7-02-014087-9

Ⅰ.①置… Ⅱ.①阿… ②杜… ③顾… Ⅲ.①散文集
-法国-现代 Ⅳ.①I565.65

中国版本图书馆 CIP 数据核字(2018)第 063063 号

责任编辑 朱卫净 何炜宏 骆玉龙
装帧设计 钱 珺

出版发行 人民文学出版社
社 址 北京市朝内大街 166 号
邮政编码 100705

印 刷 上海盛通时代印刷有限公司
经 销 全国新华书店等

开 本 890 毫米×1240 毫米 1/32
印 张 6.125
字 数 117 千字
版 次 2019 年 7 月北京第 1 版
印 次 2024 年 5 月第 5 次印刷

书 号 978-7-02-014087-9
定 价 35.00 元

如有印装质量问题,请与本社图书销售中心调换。电话:010-65233595

目录

001	译者的话

反与正

003	讽刺
013	不置可否
023	灵魂之死
034	生之爱
040	反与正

反叛者

047	反叛者
059	形而上学的反叛
096	历史的反叛
128	反叛和艺术
174	适度与过度

译者的话

散文在加缪的作品中占有重要的篇幅与分量，《反与正》《婚礼》《西西弗神话》《时文集》《反叛者》《阿尔及利亚纪事》等等都是人们在研究加缪时必会提到的篇章。加缪的散文素以散淡、朴素而又寓意深长著称，要深入理解加缪的哲学思想，这些随笔式的散文、论文是不可不读的。

这本集子选译了《反与正》及《反叛者》的部分章节。《反与正》是加缪最早发表的作品，当时他只有二十二岁。在这部作品中，加缪以凝重的笔调回忆了自己的童年。他叙述的是自己亲身经历的人和事。加缪思想的基本出发点在此已经有清楚的表现。加缪是地中海的儿子，从小就享受着大自然的海水与阳光；但他又是贫民区里长大的孩子，饱尝过贫困、疾病的折磨。他笔下那无人愿意理睬的老人、孤独死去的老妇、与作者无言以对的凄然苦度晚年的老母、贫困的街道、乱糟糟的咖啡馆……这一切都是生与爱的反面，是一幅令人心酸、压抑的惨淡图画。但倘若仅止于此，那就远不是加缪。加缪的伟大，在于他指出了另一面——生命与爱情。正如他所说："若没有对生之绝望，就不会有生之爱。"① 若世上没有衰老、死亡、孤独与痛苦，那么人怎么会有对青春、生命、爱情与欢乐的渴望与热爱？有死必有生、有衰老必有青春，有反面就有正面。我们应正视这一情境。"为了改变自然的冷漠，我置身于苦难与阳光之间。苦难阻止我把阳光下和历史中的一切都想象为美好的，而阳光使我懂得历史并非一切。改变生活，是的，但并不改变我视为神明的世界。"② 人就应当在这冰冷而又燃烧着的有限世界中带着伤痛生活。人消除不了世界的荒谬，但能够尽可能地享用你现在拥有的一切。这就是加缪哲学思考的一个最基本的出发点。

《反叛者》就是沿着同样的思路展开对人生更深入的探索的。在《西西弗神话》中，加缪业已论述过荒谬：荒谬就是产生于人对美好的怀念与世上非理性因素之间的分离。只要人对存在提出问题，就会产生荒谬的感情，同时反叛也就产生了。在这荒谬的世界上生活，本身就意味着反叛。反叛者就是既说"是"又说"不"的人。对生活说"是"，对未来说"不"，人不为虚渺的未来或目的而生活，而是要尽可能地穷尽今天。正因如此，加缪认为反叛不同于革命：反叛是在有限的世界中生活，是有界限的，革命则为某种目的运用一切手段，这就有可能导致无度的暴行。反叛是适度的革命，它相信"上帝不存在，一

---

① 加缪《随笔集》，伽利玛出版社，巴黎，1957年，第11页。
② 同上，第6页。

切都是许可的",但这决不意味着一切都是可能实现的。加缪推崇的是古希腊哲学的均衡思想,是适度,这就是要面对各种矛盾的对峙坚持生活。适度并不要消除矛盾,而是承认矛盾,并且下决心在其中存在。过度则盲目地越过各种矛盾的平衡界限,因而导致悲观、自杀与残暴、专制这两种极端。

加缪因而主张正午的思想——地中海的思想:明知世界冰冷,却要尽力地燃烧! 他反对悲观与虚无,反对集权与暴力。他颂扬爱,颂扬为了美去忍受苦难。"如果说,古希腊人制造了绝望与悲剧的观念,那总是通过美制造的……这是最崇高的悲剧,而不是像现代精神那样从丑恶与平庸出发制造绝望。"[1]这就是正午思想的核心所在,反叛者则在这种精神指引下充满激情地生活、斗争。这也是加缪有关文学艺术观点的理论根据。

对人生苦作探索的朋友们定会对加缪的主张进行思考。加缪的这些作品发表距今已几十年过去了,加缪离开这他深爱着的大地已半个世纪了,但他对人生提出的问题,对人生意义的思考,至今仍能震动我们的心灵。在这充满变动的时代中,加缪的话仍然值得我们深思:"光活着是不够的,还应该知道为什么活着。"若没有对大地、对人的无比热爱,没有追求美和爱的激情和为之忍受苦难的精神,那生之意义又何在呢?

---

[1]　加缪《随笔集》,伽利玛出版社,巴黎,1957 年,第 1621 页。

포도집

讽　刺

两年前，我认识了一位老妇人。那时，她正受着病痛的煎熬，她曾以为自己会死去。她的整个右半身都瘫痪了。她在这个世界上只剩下半个身子，另一半已经毫无知觉了。人们强制这个好动而又啰唆的小个子老妇人不做声、不动作。目不识丁的孤独老人麻木地度着漫长时日，她的全部生命归向上帝。她信上帝：她有一挂念珠、一座铅制耶稣像和一座仿大理石的圣若瑟怀抱孩子的塑像，这就是明证。她对自己患有不治之症有怀疑，但又那么说，为的是别人能关心她。

这一天，有人关心她了。这是一位年轻人（他相信有一个真理存在，并且还知道这个女人快要死去，但对解决这个矛盾并不关心）。他真的十分关注这位老妇人的忧愁。老妇人深深感觉到了。对病人来讲，这种关注是一种意外的收获。她对他滔滔不绝地诉说自己的痛苦：她已走到生命的尽头，她应该让位于年轻人。她是厌倦了？这是肯定的。没有人对她说话。她像狗一样蜷缩在角落里。最好是结束这一切，因为她更愿意死去，而不是成为别人的负担。

她的声音变得像吵架，是市场上讨价还价的声音。然而，

003

那位年轻人明白了。他认为，应该为别人承担责任，而不是去死。但这只证明了一件事，即他从来没有对任何人负过责。而他恰恰对老妇人说——因为他看见了她的念珠——"您还有善心的上帝。"的确如此。但即便如此，人们还是烦她。若她祈祷的时间长了，如果她眼睛盯着地毯的某一图案走了神，她的女儿就会说："你还在祈祷！"病人说："这碍着你什么啦？""这不碍着我什么，但这让人讨厌。"老人沉默了，她用责备的目光久久注视着自己的女儿。

年轻人聆听着这一切，一种不可名状的巨大苦痛使他胸闷难受。而老人还继续说着："当她老的时候，她会知道她也需要祈祷。"

他感到老妇人已摆脱了一切，除了上帝。她任凭自己受这最后病魔的摆布，她也积德，但并非自愿，而且过于轻易地相信她还保留着的东西是唯一值得爱的财富，并最终义无反顾地被投入到祈求上帝的苦海中。但是，愿生命的希望会再生，而且上帝并不强违人意。

他们坐在餐桌旁。年轻人被邀前来进晚餐。老人没有吃，因为晚上进食不易消化。她仍待在她的角落里，正好面对那个听她讲话的人的背。年轻人感到老人在审视他，吃得很不安宁。不过，晚餐仍继续着。为了延长这次会面，人们决定去看电影。正好在上映一部轻松影片。年轻人冒失地接受了邀请，并没有想到仍待在他背后的人。

出发之前，客人们起身去洗手。显然，毫无问题，老人不去了。即使她没有残疾，她的无知也会妨碍她理解影片。她说她不喜欢看电影，事实上，是她看不懂。她在她的角落里，此外还对念珠串的颗粒表示空洞的关注。她把她的全部信念寄托在念珠上。她保存的三样东西对她来说标志着神灵启示的物质点。从念珠、耶稣与圣若瑟像出发，在它们的后面，是巨大的深深的黑夜，她寄全部希望于这黑暗之中。

大家准备好了。他们走近老人，吻她并祝她晚安。她早已明白了，用力握紧念珠。但是，这个动作似乎既表明热忱也表明失望。大家都吻过她了，只剩下年轻人。他温情地握住老人的手，然后就转过身来。但老人则看着这个曾关心过她的人。她不愿意独自一人。她已感到了孤独的可怕，感觉到持续的失眠以及令人失望的与上帝的单独相处。她害怕了，她只有在年轻人那里才能安静，她依恋着这唯一对她表示关心的人，拉住他的手不放，紧紧握着，笨拙地向他表示感谢以证实这种再三的要求。年轻人感到为难。而其他人已走回来催他。电影九点开始，最好提前一点到，以免在售票口等候。

年轻人感到自己面临着有生以来最难忍受的痛苦，这就是一个人们因看电影而抛下的残废老人的痛苦。他想离开，脱身，不想知道这痛苦，试图抽回自己的手。一秒钟之后，他对老妇人产生了刻骨的仇恨，并且想狠狠地抽她一耳光。

终于，在病人从靠背椅上半起身的时候，他得以脱身并离开。老人惊恐地看着她能在其中栖身的唯一靠山消失了。现在，没有任何东西保护她。死的念头攫住了她，她不太明确知道是什么使她恐惧，但她感到她不愿孤独一人。上帝对她毫无用处，把她从人群中夺走，并让她孤独一人。她不愿离开人们。为此她开始哭泣。

其他人已经上路了。后悔的心情死死地搅扰着年轻人。他抬头仰望有灯光的窗户和那沉默房屋中的阴沉巨眼。但巨眼闭上了。老病妇的女儿对年轻人说："她独自一人时总要关灯。她喜欢待在黑暗之中。"

这位老人露出一副得胜的姿态：耸动着眉毛，晃动着指指点点的食指。他说："我吗，我父亲当年每星期给我五法郎，我可乐到下一个星期六。嗯，我还有办法存几个子儿。首先，我要去看未婚妻。我得在旷野上走四公里，回来也得走四公里。好了，好了，我对你们说，现在的年轻人不再懂得玩。"三个年轻人和他——一位老人围坐在圆桌旁。他叙述他平淡无奇的遭遇，一些被拔高了的蠢事。令人生厌的事被他作为胜利来庆贺，他甚至不放过叙述中的沉默，他急于在别人离开他之前把一切都说出来，以保留他自认为能感动听众的往事。让别人听他说话，这是他唯一的癖好：对于别人向他投来的讥讽目光和唐突的嘲笑，他不加理睬，当他认为自己是受人尊敬的、阅历十分丰富的祖辈时，对别人来讲，他是一个老人，别人知道在他的那个时代一切都挺好。青年人不知道，经验是一种失败，只有丢弃一切才能知晓一点东西，他很痛苦，他什么也不再说了。这倒比外表快活要好。再者，如果在此他错了，他若想凭借他的苦难来感动别人，那更是大错特错了。当你整天为生活奔波时，一个老人的痛苦又有什么重要的呢？他说着、说着，用闷哑的声音平铺直叙地说着，兴致勃勃而又漫无边际，但这不能延续很久。他的快活终有结束之时，听众的注意力已经涣散。他甚至不再好笑了，他老了。年轻人喜爱台球和扑克，因为这与他们每天笨重的劳动不一样。

他于是又孤独一人了，尽管他努力编造谎话以使他的讲述能更诱惑人。年轻人都不客气地离开了。他又一次孤独一人。人们不再听他讲话：当一个人年老时，这是最可怕的。人们已判定他沉默与孤独。人们向他暗示他行将死亡。而一个行将死亡的老人是无用的，甚至是令人不舒服的、狡诈的。让他走开；要是做不到这点，就让他闭嘴：这是绝无仅有的一点敬意。而他很难受，因为他不能不说话，否则他就要想到他是老的。他还是站起来，向周围所有人微笑着，并且离开他们。但他遇到的只是一张张冷漠的面孔，或是由于高兴而晃动的面孔，而他是没有权利分享这种快乐的。一个人笑着说："他老了，我不否认。可是，往往是在旧锅里做出可口的汤来。"另一个更加严肃："我们并不富有，但我们吃得好。你看，我的孙子吃得比他父亲还多。他的父亲要一磅面包，而我孙子则需要一公斤！吃吧，香肠；吃吧，加蒙拜尔（奶酪名）。有时他吃完了就说：'嗨！嗨！'然后继续吃。"老人走开了。他慢步——像耕驴的脚步——穿过挤满人的走廊。他感到很不舒服，但他不愿回去。平常，他习惯回到饭桌、油灯和盘子旁，在那里，他的手指机械地找到它们的位置。他还喜欢安静地进晚餐，老伴坐在他前面，嘴里嚼个不停。他喜欢什么也不想，眼睛死盯着不动。今天晚上，他回家将比较晚。晚饭已摆好，都凉了，老伴大概已躺下。她并不担心，因为她知道他有时会晚回家。她说："他有月亮。"这就够了。

现在，他缓慢而又固执地走着，孤独而又衰老。在生命的尽头，衰老变得令人厌恶。他说什么都没有人听了。他走着，转到街角，打了个趔趄，几乎要跌倒。我看见他了，样子很可笑，但这有什么办法。无论如何，他还是喜欢上街，在街上要比在家好，因为这时若在家，焦躁使他看不见他的老伴，使他独自留在房间里。有时，门徐徐打开，有一刻半开着。有人走进来。这人穿着浅色衣服。他在老人对面坐下，好久不说话。他一动不动，就像刚才打开的门。他不时地用手捋一捋头发，并轻轻地叹气。在用同样满怀忧伤的目光久久注视这位老人之后，他默默地离去。他身后留下撞锁生硬的响声，而老人还留在屋里。他受到惊吓，怀有酸楚而又痛苦的恐惧。而在街上，他并不是独自一人，他总能碰到一些人。他越发焦躁起来。他加快脚步：明天，一切都将会变化，明天。突然，他发现明天将还是老样子，后天，往后的日子也都一样。他发现一切无可挽回，这使他万念俱灰。产生这样一些想法会让你去死。由于不堪忍受这些想法，有人自杀——或如果人还年轻，就会把这些写出来。

是衰老，疯狂，还是酒醉，我不知道。他的终了将令人肃然起敬，催人下泪，是了不起的终了。他将死得壮丽，我要说的是他将在痛苦中死去。这对他是个安慰。而此外还有别的出路吗？他永远地衰老了。人们在即将来临的衰老之上建设着。他们要赋予这无可挽回的烦人的衰老以无拘无束的闲情逸致。他们要成为工头以便将来在小别墅里养老。然而，一旦已到暮年，他们就知道这是错误的。他们需要别人来保护自己。但对老人来说，必须有人听他说话以使他相信自己还活着。现在，街上渐渐黑了，行人渐渐少了，但仍时有人声。在古怪而宁静的夜色中，街道变得更加庄重。在那环城的山丘后面，还残留着白日余晖。一缕不知从何而来的威严的烟雾在树木茂密的山脊后面出现。烟雾慢慢升起，像松树一样展开。老人闭上眼睛。面对要带走城市的喧闹声与天空冷漠而愚蠢的微笑的生命，他孤独，不知所措。赤裸裸的他已经死亡。

还有必要描写这件事的另一面吗？人们可以想象，在一个肮脏、阴暗的房间里，老妇人在摆桌子——晚饭已做好了，她坐下，看看钟，等了一会就开始吃起来，胃口不错。她想："他有月亮。"这就不用再多说了。

他们五个人生活在一起：祖母、小儿子、大女儿和她的两个孩子。儿子几乎是哑巴；女儿是残疾人，思维有困难。她的两个孩子一个已在保险公司工作，小的还在上学。祖母已七十岁了，但还掌管着这个家。在她的床上方挂着一幅图像，画像中的她还不到五岁，笔直地站着，穿着一件黑色长裙，饰物直扣到脖子，裙子上没有一点皱褶，睁着明亮、冷峻的眼睛。她这一身皇后服饰随着年龄一起放弃了，而有时她又试图在街上重新找到这种衣着打扮。

她的外孙回忆起这双明亮的眼睛还会脸红。老妇人总等着有客人来，她很严厉地问外孙："你喜欢谁，你妈妈还是你外婆？"而当她女儿在场时，游戏就变得复杂起来。因为无论在什么情况下，孩子都会说："我喜欢外婆。"他心中涌起对这位总是默默无语的妈妈的一股爱流。如果客人对这样的偏向感到吃惊，那他母亲会说："这是因为是她抚养他的。"

这还因为，老妇人认为爱是一种人们强烈要求的事情。她的家庭主妇的意识使她养成一种刻板与偏执的性格。她从来没有欺骗过丈夫，为他生了九个孩子。丈夫死后，她顽强地维持着这个家庭。离开郊区农庄以后，他们在一贫穷老区留了下来。并在那里生活了很长时间。

当然，这个女人不乏优点。但是，在她的外孙们看来，她不过是个喜剧演员，正处在看问题容易绝对化的年龄。他们从一个叔叔那里听来了一件有趣的事：一次，叔叔来看他们的外祖母，发现她一动不动地待在窗前，而她招待他时手上拿着一块抹布，并且抱歉地说，她要继续干活，因为留给她干家务的时间不多。应该承认，事情就是如此。在家庭讨论什么事情时，她很容易晕厥过去。她还因肝病剧烈地呕吐。但她毫不掩饰病情的发展。她回避着在厨房里的垃圾桶旁大声呕吐，然后脸色苍白地回到家人那里，双眼因用劲而满是泪水。若有人劝她去睡觉，她就会说她要做饭，并要人注意她在主持家务中所占的地位:"是我操持着家里的一切。"她还会说:"我要是死了,看你们怎么活!"

孩子们已习惯了,对她的呕吐,她所谓的"进攻"并不在意,也不在意她的抱怨。一天,她卧床不起并要请医生。家人为讨她高兴请来医生。第一天,医生认定她只稍染小疾,第二天则确诊为肝癌,第三天又变成黄疸。而小外孙固执地认为这又是一幕喜剧,一次更巧妙的装病。他并不焦虑。这个女人曾那么厉害地压制过他,以致他一开始的看法并不悲观。而在爱的清醒与拒绝中有一种绝望的勇气。但是,装病却使人感到她真病了:外祖母装病直至死亡。最后一天,她的子孙们帮她解大便,她简言快语地对外孙说:"你瞧,我像小猪一样拉屎。"一小时之后,她死去了。

她的外孙现在觉得他当初完全不明白是怎么一回事。他不能消除这样的念头:在他面前演出的是这个女人最后的和最可怕的一次装病。若自问是否感到什么痛苦,那他丝毫也讲不出来。只是在下葬那天,由于大家都失声大哭,他才哭了,他怕自己在死者面前表示出不诚与欺骗。这是一个晴朗的冬日,阳光明媚。在蓝天中,人们看到黄色的闪闪发光的寒冷。从墓地俯视城市,人们可看到灿烂而透明的太阳照在海湾上,闪闪发光,像一片湿润的嘴唇。

所有这一切没有联系吗?美丽的真理。人们上电影院,把一位老妇人扔在家里;一个不再有人听他说话的老人;一位老妇人的死没有换来任何东西。而另一边仍是阳光灿烂的世界。

若不接受这一切，又能做什么呢？这是三种相似而又不同的命运。死亡是我们无法摆脱的，但每个人都有自己的死。归根结蒂，太阳还是温暖着我们的身骨。

不置可否

如果说，唯一的天堂就是人们已失去的天堂，我知道该如何为我身上的某种温柔而又非人道的东西命名。一位移居国外者返回祖国。而我，我还记得。讽刺、僵持，一切都停止了，终于，我回国了。我不愿回味幸福。原因很简单，也很容易说明。因为在遗忘的深处，从我面前再现的那些时光中，还留有对纯粹激情的一种完美的回忆，对于悬浮于永恒之中的时刻的回忆。这是我身上唯一真实的东西，但我知道它总是太迟了。我喜欢看一个弯曲的动作，喜欢景色中一棵位置恰当的树。为了重建这全部的爱，我们只需这样一个细节就足够了：长久关闭着的房间的味道，脚步的特殊声响。我就是如此，如果我喜欢表现自己，最终我是我自己，那是因为只存在着使我们回归自身的爱。

这些缓慢、平静而又严肃的时光如此强烈地、生动地再现出来——因为现在是夜晚，是忧伤的时刻，而在暗淡无光的天空中有一种难以言状的欲望。每一个重现的动作都向我揭示了我自身。一天，有人对我说："活着如此之艰难。"我仍记得那声调。另一次，有人对我耳语："最糟的错误，还是使别人痛苦。"若一切都完结，那生的渴望就终止了。这是否就是人们所说的幸福？顺着这些回忆，我们给一切穿起同一种得体的衣服，而死亡在我们看来似乎是色彩陈旧的布景。我们回归自身。我们感到了我们的不幸，因此我们就更加爱。是的，这可能就是幸福，即对我们的不幸同情的感情。

正是在这样的夜晚。在阿拉伯城市边缘的摩尔人开的咖啡馆里，我不是回忆起往日的幸福，而是回忆起一种奇特的感情。已经是夜里了。咖啡馆墙上画的是呈金丝雀般画色的狮子，在五权棕榈树中追逐身着绿衣的酋长。咖啡馆一角，一盏乙炔灯忽明忽暗地闪烁着。而真正用来照明的光是来源于一个装饰有绿黄珐琅的小炉子底部的火焰。灯光照亮了房间的中心，我感到它反射到我的脸上。我朝着大门，面对海湾。咖啡馆老板蹲在一个角落里，他似乎在看我的空杯子，在杯底中有一片薄荷叶子。大厅里空无一人，下面是城市的嘈杂声，远处是海湾的灯光。我听见阿拉伯人很响的呼吸声，他的双眼在微光中闪烁。远处响起的是大海的声音吗？世界以一种长节奏对着我叹气，并且给我带来不死者的冷漠与安静。强烈的反射红光使墙上的狮子波动起来。空气变得凉爽。海上响起一声汽笛。灯塔开始旋转：绿光、红光、白光。永远是世界的这种沉重叹息。一种隐秘的歌声从这冷漠中诞生出来。而我回国了。我想着一个曾在贫民区生活的孩子。那个地段！那座房屋！房屋只有两层。楼梯很暗。多少年过去了，现在还是很暗。他能在深夜回家，他能迅速地爬上楼梯而从不失脚。他的心中深深地铭刻着这座房屋。他的腿对台阶的高度保持着准确的度量。他的手对于楼梯扶手始终怀有一种本能的、无法克服的厌恶。

夏天的晚上，工人们都坐在阳台上。而他家只有一扇小小的窗户。家人于是把椅子搬下去，摆在楼前，就在那儿欣赏夜景。前面是大街，旁边有卖冰淇淋的小贩，对面是咖啡馆，还有孩子们从这个门跑到那个门的声音。而特别要说的是巨大的榕树之间的天空。在贫穷之中有一种孤独，而这孤独还给每个物以价值。从财富的某一等级上讲，天空本身以及满天星斗的夜晚就与自然财富相似。在阶梯的底层，天空重获其意义：无价的宽容。神秘的、群星闪烁的夏夜！孩子身后是一条散发出难闻气味的走廊，他的小椅子破裂了，在他身下有些塌陷。但他高抬着眼睛，趁着这纯净的夜晚饮酒。有时，会开过一辆庞大的有轨电车。终于，在街角出现一个低声唱歌的醉汉，但他并不能够扰乱夏夜的宁静。

孩子的母亲与夏夜同样安静。有时有人问她一个问题："你想什么呢？"她答道："什么也不想。"事情的确如此。一切都在此，因而就什么都没有。她的生命、她的利益、她的孩子们就限于此，这些存在之所以过于自然，是为着人们感觉到它们。母亲有残疾，思维很困难。而母亲的母亲生性粗暴、专制，她牺牲了一切以保持她敏感的兽性的自尊，并长期控制着她女儿软弱的精神。结婚使女儿获得解放。后来女儿又乖乖地回来了，因为她的丈夫死了。正如俗语所说，她丈夫为国捐躯。

在屋内的显要位置上摆着一个镀金框架，里面放着战争十字勋章和军功章。医院还给遗孀寄来一块从她丈夫身上取出的小弹片。她收藏着它。很长时间以来，她已不再悲伤。她忘记了她的丈夫，但仍然谈论孩子们的父亲。为了养活孩子，她辛勤劳作并且把钱交给母亲。母亲粗暴地教养孩子们。当母亲打孩子打得太狠时，女儿会说："不要打头。"因为那是她的孩子，她爱他们，她毫无偏向地爱他们，而又从不向他们显露这爱。有时，比如他还记得的那些夜晚，她精疲力尽地回到家（她是保姆），发现屋内空空如也。老太太上街买东西，孩子们还没放学。她蜷缩在一张椅子里，目光迷惘、狂乱地紧盯着地板上的一处凹槽。在她周围，夜色渐浓，夜色中万籁俱寂，令人感到不可解脱的烦乱。若孩子此时回来，他看清了瘦长的影子与嶙峋的肩膀，他停住了！他害怕。他开始感觉到很多事情。他几乎没察觉到自己的存在。而面对这非人的沉默，他哭不出来。他可怜他的母亲，但爱她吗？她从来没有爱抚过他，因为她不会。他于是久久地注视着母亲。他感到自己是外来人，于是意识到了她的痛苦。她听不见他说话，因为她是聋子。过了一会儿，老妇人回来，生命就会复苏：油灯发出圆圆的光圈，漆布，喊叫，粗野的咒骂。而现在，这沉默标志着时间的停顿，瞬间的膨胀。因为模糊地感觉到了这些，孩子从自身的冲动中感到了对母亲的爱。确实应该爱她，因为她毕竟是他的母亲。

而母亲什么也不想。房屋外面是灯光、嘈杂声，在里面则是夜晚的沉寂。孩子将会长大，将知书明理。人们抚养他，并会要他报答，因此人们避免给他痛苦。他的母亲将永远这样沉默，而他将在痛苦中成长。最重要的是成为一个人。他的外祖母将死去，然后会是他母亲，最后是他。

母亲突然跳起来。她害怕了。他看着她，就像白痴似的。她叫他去做作业。孩子已做完作业。他今天在一家污秽不堪的咖啡馆里。现在他是一个男人了。难道这不是最重要的吗？应该认为不是的，因为做作业并成为男子汉最后只导致变老。

阿拉伯人独处一角，还是蹲着，手把着双脚。露天座上飘来一阵烤咖啡的味道，其中还夹杂着年轻人热烈的交谈。一艘拖轮仍发出低低的温柔的调子。世界在此终了，每天都一样。在这一切无边的痛苦中，现在除了和平的允诺之外，一切都没留下。唯有世界这巨大的孤独才能使我估量出这位奇特母亲的冷漠。一天晚上，有人把她的儿子——已经长大成人——叫到她身边。一次惊吓使她得了严重的脑震荡。傍晚，她习惯于坐在阳台上。她坐在椅子上，把嘴贴着平台上的冰冷、发咸味的铁栏杆。她注视着过往的行人。她的身后，夜一点一点地凝重起来。在她面前，商店在一瞬间灯火通明。街道由于人群与灯光膨胀起来。她沉浸在无目的的遐想之中。在那天晚上，一个男人突然出现在她身后，拖着她，对她施暴，但听到有动静就逃跑了。而她什么也没有看见就晕了过去。当她儿子回到家时，她躺在地上。按医生的意见，他决定陪她过夜。他盖着被子躺在母亲边上的一张床上。这时正值盛夏。对刚刚发生的悲剧的恐惧在炎热难耐的房间里蔓延着。来往脚步声声作响，门发出吱吱的声音。在沉重的空气中，弥散着醋的气味，人们用醋给病人降温。而在病人这边，她多动、不安、哼哼唧唧，有时还猛地跳起来，把儿子从短暂的瞌睡中叫醒。儿子汗水淋漓，他清醒了——看了一眼手表，蜡烛在表面上重复跳了三下，他又沉沉地打起瞌睡。只是在不久以后，他才感到他们在那个夜里是多么孤独，与所有的人都不一样。在他们俩忍受炎热的时候，其他人都在沉睡。在这座老式房屋里，一切都似乎空了。午夜的有轨电车分流而去，来自人间的全部希望、城市喧闹给予我们的所有信念，都随之远去了。屋里仍留有有轨电车路经的余音，一切又渐渐沉息下去。剩下的只是一个沉静的大院。病人受惊吓发出的呻吟时高时低。他从来没有感到过如此迷惘。世界分解了，连同他，以及要生活，每天都重新开始的幻想。一切都不再存在：学习或雄心，上饭馆的嗜好或偏爱的色调。除了他将陷入其中的疾病与死亡之外，什么都不存在……然而，就在世界崩塌的时刻，他却活着。他最后甚至睡着了，然而依旧带走他们俩孤独的、令人绝望而又温柔的形象。后来，以致很久以后，他还能回忆起污水与醋酸混杂的气味，回忆起他感受到把他与母亲联结起来的时刻。这气味弥散在他周围，犹如对心灵的深深慰藉，并变成有形的，毫不担心受骗，对动人的命运专心地扮演穷苦老妇人的角色。

现在，火炉中的火苗已被灰覆盖。大地总是发出同样的叹息。人们听到代尔布加① 清脆的声音，乐声中还有女人的笑声。灯光在海湾伸延——准是渔轮回港了。从我的位置看见的三角形天空是一片无云的蓝天。群星密布的天空在纯净气息的吹拂下微颤，夜的沉甸甸的翅膀在我周围缓慢地扇动着。在这夜晚，我不再属于自己。这夜晚将走向何方？在"简朴"这个词中含有一种危险的道德。在这个夜晚，我明白了：人可以要求死亡。因为看透了生活，那就什么都无所谓了。一个人经历、遭受了种种不幸，他承受着这些不幸，安于自己的命运。别人尊重他。而后，一天晚上，什么也没有了：他遇见了一位他钟爱的朋友。这位朋友对他讲话时漫不经心。回家后，这个人自杀了。人们随后谈到他内心是否有忧伤和不为人知的悲剧。不，但如果非要有一个理由不可，那就是：他自杀是因为一个朋友对他漫不经心地说话。因此，每当我似乎感受到世界的深刻意义时，正是它的简单使我震惊，而今天晚上则是我母亲和她奇特的冷漠令我震惊。还有一次，我独自一人与一条狗、一对黑猫及其小猫住在郊区的一座别墅里。母猫不能哺育它的小猫。于是小猫一个接一个地死去。它们使屋内污物遍地。每天晚上回来，我都会看到一具僵硬的尸体和翘起的嘴。一天晚上，我看到最后一只小猫被它母亲吃掉一半了。已经能闻到气味，死猫的气味与尿臊气混合在一起。我于是在这堆污物中坐下，把手放在垃

---

① 代尔布加：一种阿拉伯乐器。——译注（本书脚注若无特别说明，皆为译注。）

圾中，呼吸着这腐烂的气味。我久久地注视着在一个角落中闪烁的狂动的火焰，它燃烧在一动不动的母猫的绿眼睛中。是的，就是在这天晚上，贫乏到了某一程度，无有导致无有。希望与绝望看来都不成立，生活全部地概括在一副形象中。但是，为什么停留在那儿？很简单，一切都很简单：在灯塔光中有绿光、红光、白光；在夜晚的清凉中，在城市气息一直伸延到我的赤贫中。如果这天晚上重返于我的是某种童年的图画，我怎么会不欢迎我能够从中汲取爱与贫穷的教益呢？因为这一刻犹如"是"与"不"之间的空隙，我把希望或对生活的厌恶留给其他时刻。是的，只捡起失去了的天堂的透明与简洁：一幅图画。就这样，不久前，在老城区的一所房屋里，儿子看望母亲。他们面对面坐着，沉默不语。但他们的目光相遇：

——噢，妈妈。

——你来了。

——你烦吗？我说多了？

——不，你从来不多话。

一丝美好的微笑融化在她脸上。是的，他从未对她说过话。但实际上又有什么必要说话呢？在沉默中，情况变得清楚了。他是她的儿子，她是他的母亲。她能对他说："你知道。"

她坐在沙发脚下，两脚并拢，两手合着放在膝上。他则坐在椅子上，刚刚能看见她，并且在不停地吸烟。沉默。

——你不应该吸这么多烟。

——是的。

街上散发出的全部气味都从窗户弥漫进来：隔壁咖啡馆的风琴，夜间川流的人群，还有人们夹在松软的小面包里吃的烤肉串，还有在街上哭泣的孩子。母亲站起来拿了一件毛衣活。关节病使她的手指变得僵硬。她织得不快，有时会重织同一针，或劈劈啪啪拆掉整个一行。

"这是一件小坎肩。穿时我配上一副白领。这件和我的黑大衣将是我的应时服装。"

她站起身去开灯。

"现在天黑得早了。"

的确如此。夏天已过去，但还未到秋天。在温和天空中，雨燕还在鸣唱。

——你不久就回来吗？

——我还没动身呢。你为什么说这个？

——不为什么，只是说说而已。

一辆有轨电车驶过。随后是一辆小汽车。

——我真的像我的父亲吗？

——哦，你和父亲一模一样！当然，你并不了解他。他死时你才六个月。但若你也留撇小胡子就更像了！

她谈到父亲时并不很自信，因为她对父亲没有任何记忆与感情。他无疑是无数人之中的一个。此外，他是满怀豪情出征的。在马恩，他的头颅开了花。他双目失明，度过一周的弥留期，死后名字刻在镇上的死者纪念碑上。

——其实，这样更好。要不他瞎着或疯着回来，那这可怜

021

的人……

——是这样。

如果说不是"这样更好"的信念，如果不是感到世界的荒谬的简单性都潜藏在这儿，那在这房间里还有什么留得住他呢？

"你还回来吗？"她说，"我知道你工作忙。不过，时不时地……"

但这时，我在哪儿？如何能把这空寂的咖啡馆与这过去的房间分离开？我不再知道我是亲身经历还是在回忆。灯塔的光还在那儿。而站在我面前的阿拉伯人对我说他要去熄灭灯塔的灯光。得离开了。我再也不愿走下这条如此危险的山坡。确实，我最后一次注视海湾和它的灯光。走向我的东西并不是对更加美好的日子的希望，而是对一切、对我自己纯净而又原始的冷漠。但是，应该粉碎这过于绵软、过于容易的曲线。我需要我的清醒，是的，一切都是简单的。是人自己使事物变复杂了。别再给我们找麻烦了，别再对我们谈死刑犯："他要还社会的债"，但，"他要被砍脖子"。这什么也不说明。但这造成一个小小的差别。再者，有些人宁愿凝视自己的命运。

灵魂之死

晚上六点，我到布拉格。我马上把行李送到寄存处。还有两个小时可去找旅馆。我身上充满着获得解放的奇特感情，因为我的两个箱子不再压在手上了。我离开车站，沿着花园向前走，贸然来到了万塞拉斯大街。此时街上人群熙熙攘攘。在我周围，成百万的人已经活到如今，他们存在中的任何东西都没有对我泄露。他们生活着。我与这个熟悉的国度远隔千里。我并不懂他们的语言。所有人走得都很快。所有人都超过我，甩下我。我不知所措。

我只有很少的钱。靠这些钱要过六天。但过了这段时间，会有人接济我。不过这仍然是使我头痛的事情。我于是开始寻找一家便宜的旅馆。我在新城，我觉得所有的人都闪现着光芒，哭声与女人。我加快脚步，急促的步伐同逃跑有某种相似之处。然而，八点左右，我到达旧城。在那里，一家门面很小、看来很便宜的旅馆吸引了我。我走了进去。我填了表格，拿了钥匙。我的房间是在四楼三十四号。我打开房门，看到的是一间十分豪华的房间。我看了看价目表：比我预想的要贵两倍。钱的问题变得很棘手。在这大城市里，我只能节俭地生活。刚才还不十分明显的忧虑变得确切起来。我感到不舒服，心里空荡荡的。然而，还有一刻是清醒的：或错或对人们总是在金钱问题上对我表示最大的冷漠。在此，这愚蠢的担心又有何用呢？但是，思想已经在活动。应该吃饭，重新上路并寻找一家便宜饭馆。此后，我一顿饭只能花费十个克朗。我所看到过的所有饭馆，最便宜的也就是最冷淡的。我来回走着。店里的人终于注意到我的行迹。应该进去。这是一间阴暗的地下室，饰有粗艳的壁画。里面人很杂。几个姑娘在一个角落里抽着烟严肃地谈着什么。男人们吃着，他们大都很难看出年龄，面色灰黑。侍者是身着油腻的无尾长礼服的大个子，长着硕大的脑袋，毫无表情地向我走来。我迅速地在我根本不认识的菜单上随意点了一个菜。但似乎还需解释一下。侍者用捷克语问我话。我用我所知的很少一点德语回答。他不懂德语。我恼火了。他叫来一个姑娘，这姑娘摆出一副习惯的姿态，左手叉腰，右手拿着香烟，面带滋润的微笑走了过来。她在我的桌旁坐下，用与我同样糟的德语向我问话。一切都清楚了。侍者向我吹嘘时鲜菜。他表演得很出色。我要了时鲜菜。姑娘还对我说话，我再也听不懂了。自然，我用深刻的表情说"是"。但我心不在焉。一切都让我恼火，我摇晃起来，我不饿了。在我身上总是有这个痛点，肚子难受。我请那姑娘喝一杯啤酒，这是我的习惯。时鲜菜上来了，我吃了。这是玉米粉与肉混在一起做的菜，内中加有类似枯茗的东西，令人作呕。但我心思在别处，或不如说什么也没想，只是盯着我对面的那个女人油腻而又含笑的嘴巴。

她相信劝说吗？她已在我身边，样子很黏人。我的一个无意识的动作使她有所克制（她很丑。我经常想，如果这姑娘很漂亮，我就会避免随后发生的一切）。在这做好笑的准备的人群中，我担心自己会生病。加之我还是独自一人住在旅馆，没有钱，心灰意懒，只剩下我自己和我可怜的思想。直到今天我还窘迫地自问，像我这样惶恐又懦弱的人如何能够摆脱自我。我离开旅馆，在老城漫步，但我不能够面对自身停留太长时间。我跑步回到旅馆躺下，几乎一上床就入睡了。

所有我不厌烦的国家都是不给我任何教益的国家。正是凭借这句话我试图恢复勇气。但是，我要描写以后的日子吗？我回到我的餐馆。我早晚都忍受着使我作呕的可怕的枯茗食物。我因此整整一天都想呕吐。但我并没有吐出来，因为我知道必须吃东西，不吃就得另外找一家饭馆。这又何苦？在此，我至少被"认出"了。如果说人们不对我说话，那他们却对我微笑。另一方面，焦虑占了上风。我过于看重头脑中的这一极端。我决定要安排我的白天，在白天扩大支撑点。我尽可能迟起床，这样白天的时间就会相应减少。然后梳洗，出去一点一点地探索这个城市。我消失在富丽堂皇的巴洛克式教堂之中，试图在其中重新找到一个家园。但当我走出教堂时，与自身这种令人失望的单独共处使我更加空虚，更加绝望。我沿着被熙熙攘攘的人群阻塞的伏尔塔瓦大街漫步。我在空旷、安静的哈拉特辛区度过漫长时间。在它的教堂和宫殿的阴影下，在夕阳西下之时，我孤独的脚步声在街道上发出回响。察觉到这声音，我又惊慌起来。我很早就吃晚饭，八点半就去睡觉。太阳把我唤醒。教堂、宫殿和博物馆，我设法在这一切艺术作品中减轻焦虑。惯用的方法是在忧郁中消除我的反抗，但这是徒劳的。一到街上，我就成了外来人。然而有一次，在城市边缘的一座巴洛克式隐修院里：甜蜜的时光，缓慢的钟声，成群的鸽子从古老的塔楼上飞出，同样有某种类似香草气和虚无香气的东西使我身上产生一种满含泪水的沉默，这沉默几乎使我得到解放。晚上回来，我一气呵成地把上述事情写了下来。我忠实地记录下来，因为我在表达这些的过程中又感到那时我品味到的复杂性：从旅行中还要获取什么样的益处？我现在没有华丽的服饰。我看不懂这城里的招牌，奇异的文字，连一个字也认不出来，没有朋友可对话，也没有任何可消遣。在一个房间里，听得到陌生城市的声音。我清楚地知道，没有任何东西能够把我从这里拉起，把我带向一个光线更柔和的家园和可爱的地方。我要呼唤、呐喊！将要显现的都是些陌生的面孔，教堂、金子或沉香，这一切把我抛进一种平庸的生活，在这生活中，我的焦虑赋予每一事物以价值。这就是习惯的幕布，动作与话语的舒适的网络，心灵在其中沉睡，渐渐苏醒，并最终揭示忧虑的苍白面貌。人面对自身：我怀疑他是幸福的……然而，旅行正是由此照亮了他，在他与诸物之间产生了很深的失调。世界的音乐比较容易地进入这颗不那么坚实的心中。终于，在这片荒漠中，最小的孤独的树正在变成最温柔、最脆弱的形象。艺术作品与妇女的微笑，植根于家乡土地的人种与概括世纪的纪念碑，这些都是旅行构成的生动而又感人的景色。然后又过了一天，在旅馆的这间房里，某种东西又一次像灵魂的饥饿那样在我身上形成"凹陷"。但我是否需要承认，所有一切都是使我沉睡的故事。布拉格留给我的印象就是那在醋中浸泡过的黄瓜味，在每个街头都有卖这种黄瓜的，人们可能站着匆匆地吃。黄瓜的酸辣味又引起我的焦虑，而且我一跨过旅馆的门槛，我的忧思就更浓。这种气味的作用也可能来自某种手风琴声。在我窗下，有一个瞎眼独臂人，他坐在乐器上，用一半屁股固定住它，用他仅有的一只手拉琴。他总是拉同一幼稚而柔和的曲调。每天早上这琴声把我唤醒，以使我一下子就置身于我在其中挣扎的、赤裸裸的现实之中。

我还记得，在伏尔塔瓦河边，我突然停下。这种从我心底发出的气味或抒情曲调使我惊讶，我轻声对自己说："这意味着什么？这意味着什么？"但无疑，我尚未到达边缘。第四天早晨十点左右，我准备出门。我要去看前几天没能找到的犹太人墓地。这时有人敲隔壁房间的门。沉默了一会儿，那人又一次敲门。这次敲了很长时间，但看来没有人回答。沉重的脚步声往楼下去了。我漫不经心、头脑空空地看着我已用了一月之久的剃须膏的使用说明。天气很沉闷，一道赤褐色的光线从多云的天空射在古老布拉格的塔楼和圆屋顶。报贩像平时早晨一样叫卖《纳罗第·波利第法》报。我费力地从缠住我的麻木中挣脱出来。但在离开时，我与楼上的侍者擦肩而过，他手上拿着钥匙。我停下来。他又一次长久地敲门。他企图打开门，但没有用，里面的插销可能插上了。他又敲门。房间发出空洞的声音，凄凉而又压抑。我什么也不想打听，离开了。但是，在布拉格的大街上，我被一种痛苦的预感纠缠着。我怎么能忘记楼上的那个侍者的愚蠢面孔，怎么能忘记他那奇特弯曲着的漆皮鞋和他那件掉了纽扣的上衣？终于，我吃了中饭，但却是带着越来越强烈的厌恶吃下去的。两点钟左右，我回到旅馆。

在大厅里，有人在窃窃私语。我迅速地登上楼梯，以便更快地目睹我所预料的事情。正是这么一回事。房门半开着，我只看见一堵涂着蓝漆的墙。但是我上面说到过的阴沉的光线射在这堵墙上，一个死人的影子躺在床上，还有一个看守尸体的警察的影子。两条影子又成直角分开。这光线使我心乱。它是真实的，一道真正的生命之光，生命黄昏的光，一道让人发现自己活着的光。他死了。孤零零地留在他的房间里。我知道这不是自杀。我赶紧回到自己的房间，扑向我的床铺。从影子来看，我想这是个像其他许多人一样的矮小而又肥胖的男人。无疑他已死去很长时间。而在旅馆里，生命还在继续，直到侍者想到去叫他。侍者到他那儿并不存任何怀疑，但他已经孤独地死去。而我，我那时正在看剃须膏的使用说明。我很难描述我是在怎样的状态下度过整个下午的。我躺着，头脑空空，心里特别难受。我修着指甲，数地板上的凹槽。"如果我数到一千……"而数到五十或六十，我就数乱了，数不下去了。我听不见外面的任何声音。有一回，我却听见走廊里沉闷的声音。那是一个女人，她说德语："他太好了。"我于是绝望地想起我远在地中海岸边的城市。我是那样爱恋绿光下的温柔夏夜，那处处都有年轻、漂亮女人的夏夜。好多天以来，我没有说过一句话，而我的心却充满着被压制的呐喊与反抗。若有人向我张开双臂，我会像孩子一样哭出来。傍晚前后，我疲惫不堪，我狂乱地插上门栓。我脑子空空，反复想着一首手风琴曲。而这时，我不能再想什么。家乡、城市和名字，疯狂或征服，受辱或向往，这一切我都想不起来。我将再记起这些还是要衰竭下去？有人敲门，我的朋友们走进来。即使我失望，我还是得救了。我想我说的是："很高兴又看见你们。"但是，我肯定我的表白就到此为止，而在他们眼里，我仍是他们曾与之分别的人。

不久，我离开布拉格。当然，我对以后的所见所闻感兴趣。我记得在堡赞的哥特式的小墓地，那天竺葵红颜烂漫的时刻，记得那早晨的蓝色。我能够谈论西里西亚长长的、无情而又无收益的平原。我是在黎明时分跨越西里西亚平原的。一群黑压压的飞鸟在雾气浓重的早晨从黏滞的大地上空飞过。我还喜欢温柔而又深沉的摩拉维亚，喜欢它无垠的原野，道路两旁是挂满酸果的李子树。但在心灵深处，我保留着对那些长久观看深不见底的地沟的人们的震惊。我到过维也纳，逗留了一星期。我永远是我自己的囚犯。

然而，在把我从维也纳载往威尼斯的火车上，我期待着某种东西。我就像一个人们用米汤喂着的正在康复中的病人，念着将要吃的第一块面包。我看见一线光明。现在我知道了：我正准备迎接幸福。我只讲我在维尚斯附近的山丘上度过的六天。我还留在那里，或不如说我有时又置身在那个地方，而且经常是所有的一切都让我留在一种迷迭香的香气中。

我进入意大利。这块土地是为我的灵魂而生成的。我向它接近，一个接一个地认出它的种种标志：这是最先看见的石鳞瓦的房屋，这是最先看见的爬满经硫酸铜处理而变青的墙上的葡萄藤，这是最先看见的晾在院子里的衣服，杂乱无章。男人们落拓不羁。这是我看见的第一棵柏树（它是那么纤细而挺拔），第一棵土灰色的橄榄树和无花果树。意大利小城里到处都是阴暗的广场。慢吞吞、懒洋洋的鸽群寻找栖息之处的中午时分，灵魂在其中消磨反抗斗志。激情一级一级地拥向眼泪。然后，我来到维尚斯。这里，白天的日子环绕自身旋转，从鸡鸣不断的清晨直到这无与伦比的甜蜜、温柔、丝一样光滑的夜晚，隐在柏树林后面的蝉鸣声经久不息。这陪伴我的、内部的沉默产生于日复一日的缓慢运行。除了这面对平原的房间，连同里面古色古香的家具和挂钩的花边，我还希求什么别的呢？我面向整个天空，面向这时日的旋转，我似乎能够不停地、原地不动地随着它转。我向往我能够得到的唯一幸福——专注而友善的意识。我整整一天都在散步：我从山丘下到维尚斯，或者走向更远的田野那边。我碰到的每一个人，街上的每一种气味，这一切于我都是无限地去爱的理由。注视着度假区的年轻的妇女们，卖冰淇淋的商贩吹的喇叭（他们的车是装有轮子、备有铺位的平底舟），摆满红瓤黑籽西瓜、透明甜黏葡萄的水果摊——每个不复知孤独的人① 都有所靠。但是，在九月的夜晚，人们感受到，知了尖中有柔的鸣唱，流水与群星的香气，乳香黄连木与芦苇丛中芬芳的通路，对被迫孤独的人② 都是爱的标记。日子就这样流逝着。充满阳光的炫目耀人的时刻过后，夜晚来临，落日的金色与柏树的幽黑使周围的景色灿烂夺目。我于是向大道走去，向着远处鸣唱的蝉声走去。我一路走去，它们一个接一个地放慢了歌唱速度，然后就不作声了。我慢慢地向前走去，我被这多么炽热的美压得透不过气来。在我身后，蝉竞相提高嗓门，然后唱了起来：这是冷漠与美由之落下的天空中的神秘。趁着落日余晖，我读着一座别墅的三角楣上的字："精神在高尚的自然中产生。"应该在那儿停下来。天上已经出现了第一颗星星，接着，在对面山丘上出现三处灯光。夜不知不觉一下子降临，我身后的灌木丛中响有一阵耳语并带过一阵微风，白日把它的温甜留给我，然后就遁逝而去。

当然，我并没有改变，只不过更加孤独。在布拉格，我被窒息于四壁之中。而在这里，我面对世界，我被投抛在我的周围，我以许多相似于我的形象充实宇宙，因为我尚未谈到太阳。正如我花费很长时间才理解我对度过童年的贫穷世界的依恋与热爱，直到现在，我才隐约明白太阳与看着我诞生的家乡的教益。近中午时分，我离开了，走向我熟悉的一个地方，在那里可俯视维尚斯宽广的平原。太阳差不多升到屋顶上，天空是深

——————————————————————

①② 即指所有的人。

蓝色的，通风的。从天空射下来的全部光笼罩着山坡，给柏树和橄榄树、白色房屋、红色屋顶都披上了颜色最炽热的外衣，然后，它在阳光下的烟雾腾腾的平原上消散隐去。每一次都是归于同样的烟消云散。在我身上，有那矮胖男人的水平影子。而在这些随着太阳旋转的平原上，在尘埃中，在这些光秃秃的、满是焦草烧痂的山丘上，我手指触摸到的是我自身所有的虚无味道的赤裸而毫无魅力的形式。这个国家把我带回到自己的内心之中，并让我面对我隐秘的焦虑。但这是布拉格的焦虑，而不是我的焦虑。如何解释它呢？诚然，面对这树木茂盛、充满阳光与微笑的意大利平原，我比在别处更清楚地闻到已追踪我一个月之久的死亡与非人的气味。是的，这无泪的充实，这充满我身的没有快乐的和平，这一切都只是由一种不再回复我身的东西的清楚意识造成的，即由一种弃绝和漠不关心造成的。就如同一个行将死亡并且已经知道自己将死的人并不关心他妻子的命运（小说除外）。他意识到人的天性就是自私，也就是说是绝望的。对我来说，在这个国家里不存在任何不朽的诺言。若没有眼睛去看维尚斯，没有手去触摸维尚斯的葡萄，没有皮肤去感受从蒙特拜里科到瓦勒玛拉纳别墅路途中的夜晚，那什么能让我在我的灵魂中重新活跃起来呢？

是的，这一切是真的。但同时，有某种我不能准确说出来的东西与太阳一起进入我身。在极端意识的这个顶端上，一切都重新聚合在一起，我的生活就像应抛弃或者应接受的整体向我显现。我需要一种伟大。在我深深的绝望和世上最美景致之一的隐秘冷淡的对抗中，我找到了这种伟大。我从中汲取力量以成为既勇敢又有意识的人。一件如此困难、如此荒谬的事情于我已经够了。但也许，我已强制我当时已如此准确感觉到的某种东西。此外，我现在经常回布拉格，并又回到我在那里经历过的死气沉沉的日子中去。我又重归我的城市。有时，仅仅是一股黄瓜酸味和醋味就又勾起我的忧虑。那我必须想到维尚斯。但是二者于我都是珍贵的，我很难把我对光明、对生活的爱与我对我要描述的绝望经历的依恋分离开来。人们已经明白这点，而我，我不愿下决心去选择。在阿尔及利亚郊区，有一处小小的、装有黑铁门的墓地，一直走到底，就可发现山谷与海湾。面对这块与大海一起呻吟的祭献地，人们能够久久地沉湎于梦想。但是，当人们走上回头路，就会在一座被人遗忘的墓上发现一块"深切哀悼"的墓碑。幸运的是，有种种顺理诸物的理想主义者。

生之爱

巴马的夜，生活缓慢地转向市场后面的喧闹的咖啡馆，安静的街道在黑暗中延伸直至透出灯光与音乐声的百叶门前。我在其中一家咖啡馆待了几乎一整夜。那是一个很矮小的厅，长方形，墙是绿色的，饰有玫瑰花环。木制天花板上缀满红色小灯泡。在这小小空间，奇迹般地安顿着一个乐队，一个放置着五颜六色酒瓶的酒吧以及拥挤不堪、肩膀挨着肩膀的众宾客。这儿只有男人。在厅中心，有两米见方的空地。酒杯、酒瓶从那里散开，侍者把它们送到各座位。这里没有一个人有意识。所有的人都在喊叫。一位像海军军官的人对着我说些礼貌话，发散着一股酒气。在我坐的桌子旁，一位看不出年龄的侏儒向我讲述自己的生平。但是我太紧张了，以致听不清他讲些什么。乐队不停地演奏乐曲，而客人只能抓住节奏，因为所有的人都和着节奏踏脚。偶尔，门打开了。在叫喊声中，大家把一个新来者嵌在两把椅子之间。[①]

突然，响起一下铙声，一个女人在小咖啡馆中间的小圈子里猛地跳了起来。"二十一岁。"军官对我说。我愣住了。这是

---

① 在确定真正文明的快乐中有某种快意。——作者原注

一张年轻姑娘的脸，但是刻在一堆肉上。这个女人有一米八左右。她体形庞大，该有三百磅重。她双手叉腰，身穿一件黄网眼衫，网眼把一个个白肉格子胀鼓起来。她微笑着：肌肉的波动从嘴角传向耳根。在咖啡馆里，激情变得抑制不住了。我感到这儿的人对这姑娘是熟悉的，并热爱她，对她有所期待。她总是微笑着。她总是沉静和微笑着，目光扫过周围的客人，肚子向前起伏。大厅里所有的人都喊叫起来，随后唱起一首看来众人都熟悉的歌曲。这是一首安达卢西亚歌曲，唱起来带有鼻音。打击乐器敲着沉闷的鼓点，全部是三拍的。她唱着，每一拍都在表达她全部身心的爱。在这单调而激烈的运动中，肉体真实的波浪产生于腰并将在双肩死亡。大厅像被压碎了。但在唱副歌时，姑娘就地旋转起来，她双手托着乳房，张开红润的嘴加入到大厅的合唱中去，直到大厅里所有的人都卷入喧哗声中为止。

她稳当地立在中央，汗水漉漉，头发蓬乱，直耸着她笨重的、在黄色网眼衫中鼓胀的腰身。她像一位刚出水的邪恶女神。她的低前额显得愚蠢，她像马奔驰起来那样只是靠膝盖的轻微颤动才有了生气。在周围那些兴奋得跺脚的人中间，她就像一个无耻的、令人激奋的生命形象，空洞的眼睛里含着绝望，肚子上汗水淋漓。

若没有咖啡馆和报纸，就可能难以旅行。一张印有我们语言的纸。我们在傍晚试着与别人搭话的地方，使我们能用熟悉的动作显露我们过去在自己家乡时的模样，这模样与我们有距离，使我们感到它是那样陌生。因为，造成旅行代价的是恐惧。它粉碎了我们身上的一种内在背景。不再可能弄虚作假——不再可能在办公室与工作时间后面掩盖自己（我们与这种时间的抗争如此激烈，它如此可靠地保护我们以对抗孤独的痛苦）。就这样，我总是渴求写小说，我的主人公会说："如果没有办公时间，我会变成什么样？"或者："我的妻子死了，但幸亏我有一大捆明天要寄出的邮件要写。"旅行夺走了这个避难所。远离亲人，言语不通，失去了一切救助，伪装被摘去（我们不知道有轨电车票价，而且一切都如此），我们整个地暴露在自身的表层上。但由于感觉到病态的灵魂，我们还给每个人、每个物件以自身的神奇的价值。在一块幕布后面，人们看到一个无所思索的跳舞的女人，一瓶放在桌上的酒。每一个形象都变成了一种象征。如果我们的生命此刻概括在这种形象中，那么生命似乎在形象中全部地反映出来。我们的生命对所有一切天赋予人的禀性是敏感的，怎样诉述出我们所能品味到的各种互相矛盾的醉意（直到明澈的醉意）。可能除了地中海，从没有一个国家于我是那样遥远，同时又是那样亲近。

无疑，我在巴马咖啡馆的激情由此而来。但到了中午则相反。在人迹稀少的教堂附近，坐落在清凉院落的古老宫殿中，在阴影气氛下的大街上，则是某种"缓慢"的念头冲击着我。这些街上没有一个人。在观景楼上，有一些迟钝的老妇人。沿着房屋向前，我在长满绿色植物和竖着灰色圆柱的院子里停下，我融化在这沉静的气氛中，正在丧失我的限定。我仅仅是自己脚步的声音，或者是我在沐浴着阳光的墙上方所看见掠影的一群鸟。我还在旧金山哥特式小修道院中度过很长时间，它那精细而绝美的柱廊以西班牙古建筑所特有的美丽的金黄色大放异彩。在院子里有月桂树、玫瑰、淡紫花牡荆，还有一口铁铸的井，井中悬挂着一只锈迹斑斑的长把金属勺，来往客人就用它取水喝。直到现在，我还偶尔回忆起当勺撞击石头井壁时发出的清脆响声。但这所修道院教给我的并不是生活的温馨。在鸽子翅膀干涩的扑打声中，突然的沉默蜷缩在花园中心，而我在井边锁链的磨击声中又重温到一种新的然而又是熟悉的气息。我清醒而又微笑地面对诸种表象的独一无二的嬉戏。世界的面容在这水晶球中微笑，我似乎觉得一个动作就可能把它打碎，某种东西要迸散开来，鸽子停止飞翔，展开翅膀一只接一只地落下。唯有我的沉默与静止使得一种十分类似幻觉的东西成为可以接受的，我参与其中。金色绚丽的太阳温暖着修道院的黄色石头。一位妇女在井边汲水。一小时之后，一分钟、一秒钟之后，也可能就是现在，一切都可能崩溃。然而，奇迹接踵而来。世界含羞、讥讽而又有节制地绵延着（就像女人之间的友谊那样温和又谨慎的某些形式）。平衡继续保持着，然而染上了对自身终了的忧虑的颜色。

我对生活的全部爱就在此：一种对于可能逃避我的东西的悄然的激情，一种在火焰之下的苦味。每天，我都如同从自身中挣脱那样离开修道院，似在短暂时刻被留名于世界的绵延之中。我清楚地知道，为什么我那时会想到多利亚的阿波罗那呆滞无神的眼睛或乔托①笔下热烈而又呆钝的人物②，直至此时，我才真正懂得这样的国家所能带给我的东西。我惊叹人们能够在地中海沿岸找到生活的信念与律条，人们在此使他们的理性得到满足并为一种乐观主义和一种社会意义提供依据。因为最终，那时使我惊讶的并不是为适合于人而造就的世界——这个世界却又向人关闭。不，如果这些国家的语言同我内心深处发出回响的东西相和谐，那并不是因为它回答了我的问题，而是因为它使这些问题成为无用的。这不是能露在嘴边的宽容行为，但这只能面对太阳的被粉碎的景象才能诞生。没有生活之绝望就不会有对生活的爱。

在伊比札，我每天都去沿海港的咖啡馆坐坐。五点左右，这儿的年轻人沿着两边栈桥散步。婚姻和全部生活在那里进行。人们不禁想到：存在某种面对世界开始生活的伟大。我坐了下来，一切仍在白天的阳光中摇曳，到处都是白色的教堂、白垩墙、干枯的田野和参差不齐的橄榄树。我喝着一杯淡而无味的巴旦杏仁糖浆。我注视着前面蜿蜒的山丘。群山向着大海缓和地低斜。夜晚正在变成绿色。在最高的山上，最后的海风使风磨的叶片转动起来。由于自然的奇迹，所有的人都放低了声音。以致只剩下了天空和向着天空飘去的歌声，这歌声像是从十分遥远的地方传来的。在这短暂的黄昏时分，有某种转瞬即逝的、

---

① 乔托（Giotto di Bondone，1267—1337），意大利画家。
② 正是由于微笑与注视的出现，希腊雕刻开始衰落，意大利艺术开始流传。犹如美之结束即精神之始。——作者原注

忧伤的东西笼罩着。并不只是一个人感觉到了，而是整个民族都感觉到了。至于我，我渴望爱如同他人渴望哭一样。我似乎觉得我睡眠中的每一小时从此都是从生命中窃来的……这就是说，是从无对象的欲望的时光中窃来的。就像在巴马的小咖啡馆里和旧金山修道院度过的激动时刻那样，我静止而紧张，没有力量反抗要把世界放在我双手中的巨大激情。

我清楚地知道，我错了，并知道有一些规定的界限。人们在这种条件下才从事创造。但是，爱是没有界限的，如果我能拥抱一切，那拥抱得笨拙又有什么关系。在热那亚有些女人，我整个早上都迷恋于她们的微笑。我再也看不见她们了。无疑，没有什么更简单的了。但是词语不会掩盖我的遗憾的火焰。我在旧金山修道院中的小井中看到鸽群的飞翔，我因此忘记了自己的干渴。我又感到干渴的时刻总会来临。

反与正

这是一个独身、不寻常的女人。她同有头脑的人物往来密切，她袒护他们……并且拒不见她家族中的某些成员，这些人在她的阶层中是被人鄙视的。

姐姐留给她的一笔遗产使她感到麻烦。在生命结束时刻到手的这五千法郎成了一个包袱。必须安排这笔钱。几乎所有的人都能够使用一笔数目很大的财产，而当钱的数目很小时，麻烦就开始了。这个女人始终忠实于自己。临近死亡，她要埋藏她的老骨头。她有了一个真正的好机会。在她所在的城市的墓地，有一块地租期已满，地产主建造了一个地下墓穴，建筑线条简洁，黑色大理石筑成。一句话，真是一处宝地。主人说她出四千法郎就可把这块地让给她。于是她买下这处墓穴。那里有一种真实可靠的价值，以躲避纷乱的交易和政治事件。她让人整修了墓穴内部，做好准备，接受她自己的身体。待一切就绪，她让人把她的名字刻成金色大写的字母。

这件事使她心满意足，她完全沉浸在对她自己坟墓的爱之中。在工程开始时她来察看。后来每星期六下午她都要来看一次。这是她唯一的外出和仅有的消遣。下午两点左右，她走很长的路来到位于城墙边的墓地。她走进小墓穴，小心翼翼地关上门，然后跪下祈祷。就这样，她置于自身面前，她把现在的她同她应该成为的样子对照比较，重新找到了一直断裂的链子的接环。她没有费力就识别出神明隐秘的意图。凭借一种特殊的象征，她有一天甚至明白，在世界的眼中，她已经死了。在万圣节，她到的比平常晚一些。她发现墓门入口有人虔诚地堆放了紫罗兰。一些富于同情心的陌生人很细心地注意到这座墓前没有鲜花，于是把他们的鲜花分一些到这座墓前并且悼念这位无人怀念的死者。

现在我回到眼前的事情上来。窗户的另一边的花园里，我只看到院墙，还有那些洒落着光线的树叶。再高一点的地方还是树叶。再往上看则是太阳了。但是，从外部所感到的这兴高采烈的气氛，这撒向世界的全部欢乐，我只辨认出在我的白色窗帘上晃动的树影。还有五道阳光在房间里倾吐着一片干草的香味。一阵微风吹过，窗帘上的树叶影子跳动起来。当云彩遮住太阳然后又离开时，从阴影中出现了一道由插着含羞草的花瓶射出的黄光。现在只需一道微光，我心中就会充满模糊而又不安的欢乐。一月的一个下午，我就这样面对世界的反面。但是，空气中还有一股寒气。到处可听见阳光薄膜在指甲下发生爆裂，而它又给一切东西都蒙上永久的微笑。如果不加入树叶与阳光的嬉戏中去，我会是什么？我又能做什么？是这道阳光——我的香烟在其中慢慢燃尽——这温馨和这在空气中呼吸的谨慎的激情。如果我试图到达什么地方，那就是这光线的最深处。如果我企图理解并尝一尝这告诉我们世界秘密的美妙滋味，那我在宇宙深处找到的则是我自己。我自己，这就是说那种把我从伪装下解脱出来的极度的激情。

刚才，还发生了其他事情，一些人和他们买下墓地的事。但，让我在时间的幕布上剪下这一分钟。另一些人在书页间留下一朵花，在那里围起街头花园，爱曾从他们身边掠过。我也散步，但这是一位神在安抚我。生命是短暂的，浪费时间是犯罪。别人说我充满活力。但是当人迷途时，充满活力也是浪费自己的时间。今天是个休止，我的心要去与它自身相遇。如果焦虑还在压迫我，那是因为我感到了这不可触摸的时刻像水镶珠一样从我手指间滑过。那些要背离世界的人，随他们去吧。我不抱怨，因为我看着我诞生。在那一时刻，我的整个王国都是这个世界的一部分。这太阳和这阴影，这来自空气深处的炎热与寒冷。我要自问是否有某种东西正在死亡，人们是否忍受痛苦，因为一切都写在这扇窗户上，在它上面，天空在与我的怜悯相遇时洒下它的完美无缺。我可以说，我下面还要说，重要的是简朴和人道。不，重要的是真实。那一切——人道与简朴都铭刻其中了。什么时候我比当我是世界的时候更加真实呢？我在产生欲望之前就满足了。永恒就在那里，而我希求着它。我现在希望着，这已不再是幸福的了，而只是有意识。

一个人在静观，而另一个人在挖他的坟墓。怎么能把人们与他们的荒谬性分开呢？这是天空的微笑，阳光在膨胀，马上就到夏天了吗？这是必须热爱的人们的眼睛和声音。我凭借我所有的动作系于世界，凭借我的怜悯与感激系于世人。在世界的正面与反面之间，我并不要选择，我不喜欢人选择。人们并不要别人是清醒和讥讽的。他们说："这就表示你们不善。"我看不出这其中的关系。诚然，如果我听见对某人说他是不道德的，我解释为他需要赋予自己某种道德。当他对另一人说他蔑视智慧，我理解为他不能承受他的怀疑。但因为我不喜欢别人作弊，伟大的勇气还是目不转睛地盯着阳光，就像面对死亡那样。还有，怎样论说这把对生命的酷爱引向这种神秘和绝望的纽带呢？如果我听着潜伏在物的深处的讽刺，它却慢慢地显露出来。它闪动着小而亮的眼睛说："像……一样生活吧！"尽管进行了许多探索，这才是我全部的科学。

归根结蒂，我不肯定我是对的。但是，如果我想到这个人们向我讲述其经历的女人，这就并不重要。她就将死去。在她还活着时，她的女儿就给她穿上寿衣。在四肢未僵硬时，事情似乎比较好办。但这还是挺怪的，就像我们生活在匆匆忙忙的人们之间那样。

内概著

反叛者

反叛者是什么人？一个说"不"的人。然而，如果说他拒绝，他并不弃绝：这也是一个从投入行动起就说"是"的人。一个奴隶，他在以往都听命于人，突然他认为新的指令无法接受。这"不"字的含意是什么？

譬如，它意味着："事情延续太久了"，"至此，'是'；至此以后，'不'"，"您太过分了"，还有，"有您不能逾越的界限"。总之，这个"不"肯定了存在着一条界限。我们在被他人夸大了的反叛者的感情中发现了限制的概念，这种限制的概念同他把自己的权利扩展到界限以外是相同的，以这界限为起点，他面临着另一种权利，并受到了限制。这样，反叛的行动同时建立在以下两种基础上：断然拒绝被认为是无法容忍的僭越和模糊地确信某种正当权利。说得确切一点儿，反叛者觉得他"有权利……"。反叛者始终怀着这种情感：在某些方面，在某些方式上，他是有理的。正是在此，反叛的奴隶同时说"是"和"不"。他肯定界限，同时也肯定他所猜疑的一切，并要在界限以内进行防卫。他执意表明在他身上有某种东西"值得……"，它要求人们对此当心一点。他以某种方式用不忍受超出他所能容忍的压迫的某种权利与压迫他的秩序相对抗。

在排斥僭越者的同时，在整个反叛行为中，人整体地、即刻地进入自身的某些方面。因此，他不明显地使某种价值判断介入进来。尽管这种判断并无多少根据，他还是在危险之中保持着它。他至此保持着沉默，任凭自己受着绝望情绪的摆布，在这种绝望中，某种条件被接受下来，即使它被视为不公正的也罢。沉默，这就是使人相信自己不作判断也不希求任何东西。在某种情况下，确实是什么也不希求。一般说来，绝望同荒谬一样评判和希求一切。而在特殊情况下，则对任何事情不作评判，也无希求。沉默就明确地表明了这一点。但是，从他开口说话之时起，甚至当他说"不"的时候，他是在希求和评判。从词源上考究，"反叛者"的意思是作一百八十度的大转弯。反叛者曾在其主子的鞭打下行走。现在他转身面向主人。他将更可取的东西与不可取的东西对立起来。并非所有的价值都会引起反叛，但是一切反叛的行动都不言而喻地会造成某种价值。至少，这说的是某种价值？

觉悟产生于反叛行动，尽管这十分模糊。感官即刻间敏锐起来，在人身上有某种人能够与之同化的东西，即使是暂时的也罢。至此为止，这种同化还不曾被真正地感知。在反抗之前，奴隶忍受着一切压榨行为。甚至，他往往毫不反抗地接受一些比起他的拒绝更令人厌恶的命令。他表现出了耐心，也许他在内心中拒绝这些命令，但是，他之所以保持沉默，是因为他关心眼前利益胜于意识到自己的权利。相反，随着耐心的消失，随着不耐烦情绪的增长，某种行动开始了，这种行动会伸展到过去曾被接受的一切。这股冲动几乎总是具有反作用。奴隶在拒绝接受主子命令的同时，也摒弃了自己的奴隶地位。反叛行动使他走得比普通的拒绝更远。他甚至超过了他过去为他的敌人所划定的界限，现在他要求得到平等待遇。人原先的一种不可制服的反抗，现在变成了整个的人，人与这种反抗成为同一的东西，并且二者都被概括于其中。他把他要使人们尊重的他的那一部分置于其他东西之上，并且宣称它比其他一切都更为可取，甚至比生命更可取。对于他来说，这一部分变成了最高利益。奴隶从前处于妥协之中，现在他突然投身于（"既然是这样……"）一切或一无所有之中。意识随着反叛而诞生。

　　但是，我们看到这种反抗既是相当阴暗的"一切"的意识，同时也是宣告人向这一切作出牺牲的可能性的"一无所有"的意识。反叛者要成为一切，他要与他猛然间意识到的这种利益完全地同化，他愿这种利益在他自身得到认可和敬重——或者什么都不是。也就是说，它被制约它的力量永远地削弱了。极言之，如果这种利益中被称作自由的那种独一无二的神圣物被剥夺了，那么，它就接受那种最终的衰落，即死亡。宁可站着死，不愿跪着生。

　　用赫赫有名的作者的话来说，价值"最经常地代表着一种从事实向权利，从所希求物到令人希求物（一般通过共同希求的媒介）的过程"。① 追求权利的过程是明显的，我们在反叛行为中已经看到了。从"这一切应当如此"到"我愿意这样"的过程也一样。个人在共同利益中的超越的概念也许更加显而易见。一切或一无所有的突然出现表明反叛对个人这个概念本身提出质疑，这同常人之见正相反，尽管反叛产生于人所包含的纯属个人的东西中。事实上，如果个人同意去死并且在反叛的行动中献身的话，他通过这行动表明他是为他所认为的自己命运中包含的利益而自我牺牲的。如果他宁死不愿否定他所捍卫的这种权利的话，这是因为他把这种权利凌驾于他自身之上。因而，他是以某种尚属模糊的价值的名义行动的，但是，他至少感到这种价值对于他和他人来讲是共同的。如果这种肯定使人从他的假定的孤独中摆脱出来并且赋予他一种行动的理由，我们就看到蕴含在一切反叛行为中的肯定扩展到了超出个人的某物。但是必须指出这种存在于一切行动之前的价值是同纯粹的历史哲学相违背的，在纯粹历史哲学中，在行动之末取得价值（如果它能取得的话）。对反叛的分析至少会产生这样一种猜测，即如希腊人过去所设想的那样存在着人性，而这同当代思想的假设是相反的。若在自身中没有任何持久之物要防卫，为什么要反抗呢？当奴隶认为，由于某种命令，他身上的某些东西被否定了，则这种东西并不仅仅属于他，而是归众人所有。在这种东西中，所有的人，甚至包括侮辱他、压迫他的人，都

---

① 拉朗德：《哲学辞典》。——作者原注

有着一种共同点。

支持这种观点的有两类看法。首先，人们指出反叛行动在本质上并不是一种自私的运动。当然，这种运动可能有自私的打算。但反叛者既反对谎言也反对压迫。此外，从这些私利的打算出发，反叛者在他最深刻的激情中没有任何保留，因为他把所有的一切都投入进去了。无疑，他为了自身而强烈地要求得到尊重，但这只有在他与自然共同体同一时才会产生。

其次，请注意这种情况：反叛并不仅仅必然地产生于受压迫者，它也可能产生于受压迫的景象，而他人正是这种景象的受害者。在这种情况下，就有一种与另一个人发生同化的现象。必须指出，这里说的并不是心理的同化，即个人自以为冒犯是针对他而来的一种招数。相反，人们不忍看到我们自己曾经毫无反抗地承受的冒犯如今落在别人头上。这倒是可能的。俄国的恐怖主义者中的一些人在服苦役中看到自己的同伴受虐待就以自杀表示抗议，这就是这种伟大行动的明证。这里所谈的也不是利害关系一致而产生的那种感情。事实上，我们会对强加在被我们视为对手的那些人身上的不公正感到厌恶。这仅仅是命运和主见的同一而已。因此，个人要捍卫的这种价值并不属于他一个人。至少，应当由所有人来造就这种价值。在反叛中，人自我超越成为他人。由此看来，人的一致性是形而上学的。不过眼下谈及的只是在镣铐中产生的这种一致性。

051

人们可以进一步说明由反叛假定的价值的积极方面，把这种价值同完全否定的概念作对比。正如舍勒所指出的那种愤恨的概念。事实上，反叛的行动比提出强烈要求的行为更激烈。舍勒对愤恨下了很好的定义，把它比作一种在封闭环境中长时期无能为力所造成的自我毒化和有害的分泌物。反叛则相反，它使存在爆裂并且帮助存在流溢出来。反叛使河水畅通无阻，死水一潭变成汹涌潮流。舍勒本人强调愤恨的被动方面，同时指出他十分重视本性追求欲望和占有的妇女心理。相反，在反叛的起因上，有一种过分频繁的活动和力的原则。舍勒指出，欲望使愤恨火上加油。但是，人们羡慕自己并不拥有的东西，而反叛者则维护自身。也不仅仅索取他并不拥有的利益或是人们可能从他那里巧取豪夺的东西。他的目的是让人承认他所拥有的某种东西。他几乎在一切场合都把这种东西视为比他所慕之物更加重要。反叛并不是现实主义的。舍勒还认为，愤恨根据它在坚强的或软弱的心灵中的发展而变得野心勃勃或者辛辣尖刻。但是，无论在哪种情况下，人们还是愿意变成另外的样子。愤恨永远是对自身的愤恨。反叛者则相反，他在最初的行动中就拒不让人触及他的为人。为了自己的一部分存在的完整而斗争。他并不首先致力于去征服，而是使人敬服，愤恨对它的怨恨对象尝到痛苦的滋味事先就津津乐道。德尔图良①的作品

---

① 德尔图良（Tertullian，约155—约240），生于迦太基的罗马基督教神学家、哲学家。

告诉读者：在天堂，幸福的人们中最伟大的福乐源泉将是看到罗马皇帝们在地狱中受煎熬的景象。在这段文字中，尼采和舍勒看到了这种情感的最美妙的体现，这是完全有道理的。这种福乐也正是正直的人们去观看处决犯人时所感到的福乐。相反，反叛在原则上限于拒绝受辱，而不为他人去求屈辱。它甚至为了自身而甘心受苦，只求它的廉正得到尊重。

人们不明白，舍勒为什么把反叛精神与愤恨绝对地同一化。他用人道主义精神对愤恨所做的批判（他把人道主义当作人类之爱的非基督教形式加以论述）也许适用于人道的理想主义的某些模糊形式，或是适用于恐怖的技术。但是，这种批判在人对自身的反叛中，在使个人挺身捍卫人类共同尊严的斗争中都是不适合的。舍勒要证明人道主义伴随着对人的仇恨。人们热爱全体人类，而无需热爱个别的人。这在某些情况下是正确的，当我们看到舍勒认为人道主义的代表人物是边沁[①]和卢梭时，就更加理解他了。但是人对人的爱可能产生于其他事物而不是利害关系的考虑，或者产生于对人性的一种属于理论性的信念。有一种逻辑同功利主义者和爱弥儿的家庭教师的观念相对立，它以陀思妥耶夫斯基笔下的伊凡·卡拉马佐夫的观点为代表，从反叛的运动直至形而上学的反抗。舍勒理解这一切，他这样归纳这种观念："人世间并无足够的爱可浪费在他物而非人身上。"即使这种看法是对的，它所假定的令人目眩的绝望也

---

① 杰里米·边沁（Jeremy Bentham，1748—1832），英国哲学家，法学家。

不值得蔑视。这种看法实际并不承认卡拉马佐夫的反叛中含有分裂性。相反，伊凡的悲剧在于无对象的爱太多了。由于上帝已被否定，人们就以一种慷慨大度的共谋的名义把这种已变得无用的爱施于人类。

另外，在我们至此所研究的反叛运动中，由于心灵的贫乏以及对一种无成果的目的的追求，人们并不选择一种抽象的理想。人们要求那在人身上不能化为意念的东西得到重视，即只能用于存在而不能用于其他方面的这热情的部分。这是否意味着任何反叛都不带有愤恨呢？不是，而且我们在这个怨恨甚多的时代已见得相当多了。但是，我们应从最广义的角度来理解这种概念，否则就会违背本意。在这方面，反叛在各处均充满愤恨。在《呼啸山庄》中，当希斯克里夫宁要爱情而不要上帝，并要求入地狱以同他的爱人相聚时，这就不仅是他的受辱的青春年华，而是他整个一生坎坷的经历在诉说。同样的行为使艾卡尔口若悬河地宣称他宁愿同耶稣一起留在地狱而不愿待在没有耶稣的天堂。这就是爱的行动本身。因此，人们不能过分强调贯穿着反叛行动的热情的肯定。这种肯定使这种行动与愤恨相区别，以此反对舍勒的观点。反叛貌似否定，因为它并无建树，但在本质上讲却是肯定的，因为它揭示出在人身上始终要捍卫的东西。

然而，说到底，这种反叛以及它所负载的价值丝毫都不是相对的吗？确实，随着时代和文明的发展，人们反叛的理由似乎也发生了变化。很明显，印度的贱民，印加帝国的武士，中非的原始居民或是基督教最初共同体的成员都与反叛的概念并无相同之处。人们甚至可以颇有根据地认为反叛的观念在这些确切的情况下是无意义的。然而，希腊的奴隶、农奴，文艺复兴时期的雇佣兵，摄政时期的巴黎资产者，一九〇〇年时代的俄国知识分子和当代的工人，倘若他们对反叛的理由所持的观点可能不同，那他们对反叛的合理性的看法却肯定是一致的。换言之，反叛的问题似乎只有在西方思想的内部才有确切的意义。按舍勒的观点，我们注意到，反叛精神在极其不平等的社会（如印度的种姓制度）或绝对平等的社会（如某些原始社会）中是难以表现出来的。反叛精神在社会中，只可能存在于某种理论的平等掩盖着事实的不平等的集团中。反叛的问题在我们西方社会内部是毫无意义的。倘若前面的看法还没有使我们提防这种结论的话，我们也许会说这种行动与个人主义的发展有关。

显而易见，人们从舍勒的观点中所能得出的结论，就是在我们社会内部通过政治自由的理论使人的概念在人们头脑中有所发展，通过政治自由的实践，产生一种相应的不满足。事实的自由只有同人的意识成比例地发展起来。由此，我们只能得出这样的结论：反叛是熟悉情况的人的所作所为，他意识到了自己的权利。然而，我们丝毫也不能说这仅仅是个人的权利。相反，鉴于那种已经指明的一致性，这似乎是一种人类在自身经历的过程中主动取得的越来越广泛的意识。事实上，无论是印加帝国的臣民还是印度的贱民，都不会提出反叛的问题，因为对他们来讲，这个问题已经在某种传统中得到解决了，甚至在他们能提出问题之前就已解决了，因为答案是神灵的事物。如果说在神灵的世界中，不存在反叛的问题，这是因为事实上人们在那里没有发现任何实际问题，所有的答案已经一次作出。形而上学已由神话取代。疑问已不再存在，只有答案和永久的解释，这些解释于是成为形而上学的。但是在人进入神灵之前，也为了人方便地进入神圣，或者在人一旦从神圣中出来时予以方便，于是就有了疑问和反叛。反叛的人是处于神圣之前或之后的人，他专心于索求一种人类的秩序。在这种秩序中，一切答案都具有人性，也就是说是合情合理地作出的答案。从此时起，一切疑问，一切言论就是反叛；而在神圣世界中，一切言论都是圣宠的行为，这就有可能指出，对于人的精神来讲，只能是两种可能的世界，神圣的世界（用基督教的语言来说，就是圣宠的世界[①]）和反叛的世界。一个世界的消失就等于另一个世界的出现，尽管这种出现可能以令人困惑的形式实现。在此，我们或再次发现了一切，或一无所有。反叛问题的现实性仅仅在于整个社会今天愿同神圣保持距离。我们生活在一个非神圣化的历史阶段。但是，当代的历史通过它提出异议，迫使我们认为反叛是人的基本范畴之一。它是我们的历史现实。除非逃避现实，否则就应当在它那里找到我们的价值。人们能在远离

---

① 当然，在基督教诞生之初，曾有过形而上学的反叛，但是耶稣基督的复活，耶稣再临人间和被说成永生的上帝的王国便是答案，它使这种反叛变成了无用。——作者原注

神圣和神圣的绝对价值之处找到行为的准则吗？这就是反叛提出的问题。

我们已经能够获得产生于反叛所在界限边缘的那种模糊的价值。现在我们要问：这种价值是否又处在反叛的思想和行动的当代形式中？如果说它处在这种形式中，那么应确切说明其内涵，但是，在深入研究之前，请注意这一点：这种价值的基础就是反叛本身。人的一致性建立在反叛行动之上，而这种反叛行动只有在这种合谋中才能证明自身是正确的。因此，我们将有权利允许自己否认或是摧毁这种一致性的反叛，顿时失去了反叛这个名字，实际上与赞同谋杀无异。同样，脱离了神圣的一致性只有在反叛的范围内才有生命力。于是反叛思想的真正悲剧就开始了。为了存在，人不得不反叛，但是人的反叛必须遵守反叛在自身发现的界限，人们在这种界限上聚集，并开始存在。反叛的思想不能脱离记忆，这种思想是一种永久的紧张。当我们在行为和行动中追随这种思想时，我们每每必问它是否仍然忠实于自身先前的高贵或者把自己的高贵忘却了，它由于厌倦和狂乱而沉醉于暴虐或奴役之中。

在此，请看最初浸透了世界的荒诞和明显无成果的思考在反叛精神推动下所取得的初步进步。在荒谬的经历中，苦难是个人的。从反叛的行动起，苦难便有了集体的意识，它成了众人的冒险行动。异常奇特的精神所取得的初步进步就是认识到它同所有的人分享这种奇特性，并且人的现实从总体上说忍受着同自身、同世界保持这种距离之苦，使一人遭受的苦难变成集体的灾难。在我们日常所遇到的艰难中，反叛起着"反思"在思想的秩序中所起的同样的作用：它是最明显的事实。但是，这个明显的事实使个人摆脱自身的孤独。它是把首要的价值建立在众人基础上的共同基点。我反叛，因而，我们存在。

形而上学的反叛

形而上学的反叛即人起来反对自身条件和整个创造的行动。反叛之所以是形而上学的，是因为它对人的目的和创造的目的提出异议。奴隶抗议在他处境内部为他造成的条件；形而上学的反叛者反对为他成为人而造成的条件。反抗的奴隶肯定在他身上存在着某种东西，即无法接受奴隶主对待他的那种方式；形而上学的反叛者声称自己受了创造的欺诈。无论是反抗的奴隶，还是形而上学的反叛者，都不仅仅是一种简单的、纯粹的否定。在这两种情况下，我们发现一种对价值的判断。正是以这种判断的名义，反叛者拒不接受他自身的条件。

应该指出，挺身而起反抗自己主子的奴隶，对于否定主子——作为人的主子——并不关注。奴隶把他作为主子加以否定。奴隶否定主子有权利把他——一个奴隶——作为一种需要加以否定。在奴隶主对某种他忽略了的要求没有作出反应的情况下，他就被削弱了。如果人不能参照被众人所公认的共同的价值，那么人与人之间就是不可理解的。反叛者要求这种价值在他自身得到明确的承认，因为他猜疑或他知道若无这种原则，混乱和罪恶将统治世界。反叛的行动在他身上显露出来，就像一种明彻和一致的要求。奇怪的是，最初级的叛乱表达了对秩序的渴望。

这样的描写很适合形而上学的反叛者。形而上学的反叛者在这个四分五裂的世上站起来要求统一。他以存在于自身的正义原则反对他所见到的肆虐于世界上的非正义原则。起初，他别无他求，只想解决这种矛盾，建立正义的一统天下，如果他能办到的话；或者建立起非正义统治的世界，如果人们将他逼上绝路的话。另外，他揭露矛盾。形而上学的反叛以死来反对条件的不完善方面，以痛苦来反对条件的分散方面。它是反对生和死之苦、被幸运的统一所推动的要求。如果说普遍化的死刑确定着人类的条件，反叛在某种意义上与它是同代的。反叛者在拒绝接受会使他自己致死的条件的同时，还拒不承认使他在这种条件下生活的强权。形而上学反叛者当然不是无神论者，这正如我们所认为的那样。然而，他必然是个辱骂神明的人。只不过，他首先以秩序的名义辱骂神明，又把上帝指责为死亡之父和万恶之渊薮。

为了说明这个看法，让我们再回到反叛的奴隶身上来。反叛的奴隶在他的反抗中证实了他所反对的主子的存在。但是他表明在他的依附关系中他把握着主子的权力，并且肯定他自己的权力。即对至此为止管辖他的优越性不断地提出质疑。在这方面，主人和奴才确实处在同一境地中：奴隶主短暂的王国同奴隶的屈从一样都是相对的。两种力量在反叛发生之时相互肯定对方，直到它们之间的冲突发展到摧毁对方之时，两者之一便暂时地消亡。

同样，如果说形而上学反叛者起来反对强权，同时肯定强权的存在，他只是在对这种强权表示非议之时才提出这种存在。于是，他把这位高贵者拖进与人同一种受辱的冒险中去，高贵者虚浮的权力成了我们虚无的条件的等同物，他使高贵者屈从于我们拒绝的威力，使他在不屈的人面前俯身，迫使他进入到一种对于我们来讲是荒谬的存在中去，最终把他从超越时间的逃遁中拖出来，要他介入到历史中去，远离那种只有在所有人一致赞同中他才能找到的永久的稳定。反叛这样肯定：在与它相适应的水平上，一切高贵的存在至少是矛盾体。

形而上学的反叛的历史不能与无神论混为一谈。从某个角度来看，它甚至同宗教感情的现代史相混。反叛者更多地进行挑战而不是否定，至少，最初他并不取消上帝，他仅仅以平等地位同上帝交谈。但这不是有礼貌的寒暄，而是一种由取胜的欲望所推动的论战。奴隶以要求正义为始，以要建立王朝而终：该轮到他来统治了。反对处境的叛乱变成一种对上天的大规模的讨伐，以便扶植已成为囚徒的国王，不久又把国王废除，然后把他处以死刑。人的反叛最终变成一场形而上学的革命。它从显现变成行动，从纨绔子弟成为革命者。上帝的宝座被推翻了，反叛者认识到，他在自身处境中曾徒劳地寻求的这种正义、这种秩序、这种统一，现在还得由他亲自创建，并由此证明废除神明的合理性。于是，一场绝望的努力将开始，必要时可以以犯罪为代价去建立一个人的帝国。这一切不能不带来严重后果，而我们只略知其中一二。然而，这些后果并不是反叛本身所导致，或者至少应说，这些后果的产生只是由于反叛者忘却了自己的起源，对处于是与否之间的艰巨紧张状态感到厌倦，最终陷入对一切事物的否定或是完全的屈从中，形而上学的反叛在它最初的行动中为我们提供了同奴隶的反抗相同的积极内涵。我们的任务将是研究在依靠反叛的事业中，反叛的这种内涵变成什么，并说出反叛者对自身渊源的忠实和不忠实会导向何方。

该隐 ① 的子孙们

在思想史上，只是在十八世纪末期才出现了确切意义上所说的形而上学的反叛。现代社会就在围墙倒塌的轰隆声中开始了。但是，从此时起，反叛的种种后果连续不断地出现，可以不夸张地说，这些后果塑造着当代的历史。这是否说形而上学的反叛在这之前就无意义？其实，反叛的模式起始于颇为遥远的过去，因为我们的时代喜欢自称为普罗米修斯时代。真是这样吗？

最初的神话告诉我们，普罗米修斯被绑在世界尽头的柱子上，是一个永远得不到原谅的殉难者，而他也拒绝求得原谅。埃斯库罗斯 ② 进一步拔高这位英雄的形象，把他塑造成一个大

---

① 该隐，圣经故事中亚当和夏娃的长子，亚伯的哥哥。该隐种地，亚伯牧羊。因耶和华看中亚伯和他的供物，看不中该隐和他的供物，该隐出于嫉妒，把亚伯杀死。

② 埃斯库罗斯（公元前525—公元前456），希腊悲剧诗人。

彻大悟者（"除了我不曾预料到的，任何不幸都不会降临到我身上"），让他高声呼喊对诸神的仇恨，把他投入"致人以死地的绝望的狂风暴雨海洋"中，把他奉献出来，在电闪雷鸣中结束生命："啊！你们看我所遭受的不公！"

因此，我们不能说古人不知道形而上学的反叛。早在撒旦之前，他们就树立起反叛者痛苦而高贵的形象，并给我们创造出反叛智慧的最伟大的神话。希腊人取之不尽的才华十分重视神话的附着力和适度性，却把自己的典范赋予叛逆。毫无疑义，普罗米修斯时期的某些特征又出现在我们所经历的反叛历史中：为反对死亡而斗争（"我将人们从死的困扰中解救出来"），救世主降临说（"我在他们身上树立起盲目的希望"），仁慈（"宙斯的敌人……因为过分热爱人类"）。

但是，我们不能忘记，埃斯库罗斯的三部悲剧中的最后一句话"普罗米修斯带着火"宣告了被原谅的反叛者时代的开始。希腊人并没有毒化任何东西。他们在最大胆的行为中，仍然忠于这个尺度，过去他们曾经对它表现出藐视，希腊人塑造的反叛者并不反对全部创造，而是反对宙斯，他从来只是诸神之一，他的光明是可以度量的。普罗米修斯本人也是个半神。这是一种特殊的旧账再算，是对善的非议而不是恶与善之间的一场全面的争斗。

这是因为古人如果相信命运的话，他们首先相信大自然，他们自身融化在大自然中。对自然的反叛等于背叛自己。这是用头撞墙。唯一严密的反叛是自杀。希腊人的命运本身是一种盲目的威力，它像人承受自然之力那样承受着自身。对希腊人来说，过分的行为莫过于用节杆击海，这是野蛮人的一种疯狂行为。希腊人描绘过分行为，因为存在着这种行为。但是希腊人给予过分行为以地位，由此产生了界限。阿喀琉斯在帕特洛克罗斯①战死后发出挑战，抱怨说他们命运的悲剧英雄们的咒骂并没有引起完全的谴责。俄狄浦斯知道他并非无辜。他身不由己地犯罪，他也受着命运的摆布。他抱怨，却不说无法挽回的话。如果说安提戈涅②反叛的话，那是以传统的名义使她的兄弟在坟墓中得到安息，使礼仪得到尊重。在某种意义上说，她的反叛是反动的。希腊人的思索——这种两面的思想使俄狄浦斯那不朽之言几乎总是以对题形式在最悲绝的曲调之后出现，俄狄浦斯双目失明，悲惨之极，他认识到一切都是好的。"是"与"不"保持了平衡。甚至当柏拉图以卡里克莱斯的形象预示着尼采式的庸俗人时，甚至当卡里克莱斯高声说"让富有天性的人出现吧……他躲开，他把我们的用语、巫术、咒语和那些法律踩在脚下，那些法律毫无例外地都违反了自然。我们的奴隶造反了，以主人自居"时，如果他拒绝法律，他甚至会说出自然这词。

这是因为形而上学的反叛对创造持有一种简单化的看法，而希腊人却不可能有这种看法。对他们来说，不可能一边是神，

---

① 阿喀琉斯，希腊神话中的英雄，曾参加特洛伊战争，他的好友帕特洛克罗斯曾披戴他的盔甲出战，被赫克托耳杀死。
② 安提戈涅，俄狄浦斯之女。

另一边是人，而只是有从最高到最低的等级。与有罪的思想相对立的无辜的思想，把整个历史概述为善与恶之间的斗争的观点，与希腊人毫不相干。在他们的天地里，更多的是错误而不是罪恶，因为唯一的最终的罪恶就是过分。相反，在完全历史的社会（它可能成为我们的社会）中，不存在错误而只有罪恶，其首恶就是适度。这样，人们在希腊神话中所感到的这种残暴和仁慈的奇怪的混合就可得到解释。希腊人从来不作沉思，同他们相比，我们沦为处处设防的兵营。说到底，反叛只以为是反对某人。只有属于人的神——即万物的创造者和主宰——的概念才能赋予人的反抗以自身的意义。因此，说反叛的历史在西方社会与基督教史密不可分是完全合乎情理的。直到古代思想的最后时刻才能看到反叛开始在过渡阶段的思想家的作品中，在那些比伊壁鸠鲁和卢克莱修更加深刻的人身上得以表述。

伊壁鸠鲁的可怕的忧郁已经表现出一番新意。这种忧郁来自对死的焦虑，这对希腊精神并不是陌生的。然而，这种焦虑的悲怆的基调具有启示性。"人有办法对付一切；但是面对死亡，我们都同样像那些被拆毁了的城堡中的居民。"卢克莱修明确指出："这个广阔天地的实体是留给死亡和毁灭的。"那为何不及时行乐？"等着，等着，"伊壁鸠鲁说，"我们耗尽了自己的生命，他们都将死于苦难。"因此，应当享乐。然而这是多么古怪的享乐！这种享乐就是堵住城堡的墙，在寂静的阴影中备足面包和水。既然死在威胁我们，那就应当证明死亡并没有什么。正如爱比克泰特①和马可·奥勒留②，伊壁鸠鲁排除存在的死亡。"对我们来讲，死亡并不是什么，因为已解体之物是不可能有感觉的，而无感觉之物对我们来说并不是什么。"是虚无？不，因为世界上的一切都是物质，死亡意味着返回到元素：存在就是石头。伊壁鸠鲁所说的奇特的快乐主要在于痛苦的消失，这就是石头的幸福。为了逃避命运，伊壁鸠鲁在一种奇妙的行动——我们以后在伟大的古典主义者身上能看到这种行动——中铲除了感觉，首先是感觉的第一声呼唤，即希望。希腊哲学家对于神的看法不能作别种理解。人的一切不幸源于希望，它把人从城堡的寂静中唤醒，又把他们抛在城头上等待拯救。这些不合理的行为所起到的作用只能是重新打开已仔细包扎好了的伤口。因此，伊壁鸠鲁并不否认神，他避开诸神，但却如此令人眼花缭乱，灵魂于是别无其他出路，只有把自己重新封闭起来。"幸福、不朽的人没有任何麻烦，也不会给别人制造麻烦。"卢克莱修更进一步地说："不可否认，诸神由于他们的本性而在最深刻的平静中享受着不朽，与我们的事情毫不相干，已经完全从我们的习俗中摆脱出来了。"那就忘掉神吧，永远不要再想他们了。"无论是白天的思想还是夜间的梦幻都不会搅乱您的安宁。"

我们在下面还要谈到反叛这个永恒的主题，只不过与以前

---

① 爱比克泰特（Epictetus，55—135），希腊哲学家，斯多葛派代表人物。
② 马可·奥勒留（Marcus Aurelius，121—180），罗马哲学家，皇帝，斯多葛派代表人物。

有些细微差异。一位既得不到酬报，也不受惩罚的神，一位耳塞的神，就是反叛者唯一的宗教想象。维尼[①]后来诅咒神明的沉默，伊壁鸠鲁则认为，人既然都要死，那人的沉默比神的语言更好地为这种命运作准备。这位奇特人物长期致力于在人周围筑起围墙，重修城堡，毫不留情地窒息人类无法抑制的希望的呼声。于是，只有在这个战略退却完成之后，伊壁鸠鲁才像一位生活在人间的神那样，在一首标志着他的反叛的、具有防卫性质的歌中欢唱胜利："我挫败了你的诡计，喔，命运，我堵上你可能追上我的一切道路。我们决不让你、也不让任何一种恶势力战胜我们。当不可避免的出发的时刻来临，我们对那些徒劳的偷生者的蔑视在这首动人的歌曲中爆发：啊！我们保持了尊严，我们取得了胜利！"

卢克莱修是他的时代中唯一将这种逻辑推至更远并使它在现代人的要求中出现的人。实质上，他并没有对伊壁鸠鲁作任何补充。他也拒绝一切不明不白的解释原则。原子只是最后的躲避场所，在那里，存在在还原成它最初的元素后，追求着一种耳目闭塞的不朽，一种永垂不朽的死亡。这对于卢克莱修、同样对于伊壁鸠鲁都标志着唯一可能的幸福。然而他必须承认原子并不独自结合，而不是接受一种高级的规律，而且他最终接受了他要否认的命运，承认一种偶然的行动（le clinamen），原子根据这种运动相互会聚并结合。请注意这一点，现代社

---

① 阿尔弗雷德·德·维尼（Alfred de Vigny，1797—1863），法国作家。

会的大问题已经提出来了，在现代社会中，智慧发现，要让人摆脱命运就等于把他交付给偶然性。因此，智慧尽力再次赋予人以一种命运，一种历史的命运。卢克莱修并不这样看，对命运和死亡的仇恨使他满足于这块沉醉的土地，在这块土地上，原子意外地生成存在，存在意外地分裂为原子。但他的术语表现出一种新的敏感性。盲城变成四处设防的兵营。Moenia mundi——世界之壁垒，就是卢克莱修修辞学中的关键用词之一。当然，在这个兵营中至关重要的事就是使希望销声匿迹。但是伊壁鸠鲁有步骤的弃绝转变成有时带来厄运的一种战栗的苦修。对于卢克莱修来说，虔诚无疑"能够以一种不受任何干扰的精神目睹一切"。然而，这种精神为人所遭受的不平而颤抖。愤怒之下，罪行、无辜、犯罪和惩罚的新概念贯穿了有关物的本性的伟大诗篇。诗中谈到了"宗教最初的罪行"，即伊菲革涅亚[①]和她已被扼杀的无辜；还谈到神的利剑"往往从有罪人身边掠过而以不公道的惩罚夺取了无辜者的性命"。如果说，卢克莱修嘲笑另一世界恐怖的惩罚，那完全不像伊壁鸠鲁那样在一种防卫性的反叛行动中，而是出自一种进犯性的推理：既然我们从现在起看到善并没有得到报答，那么恶会得到报应吗？

在卢克莱修的史诗中，伊壁鸠鲁本人也成为一个出色的反叛者，但他其实并非如此。"正当在众人眼中，人类在地

---

①　伊菲革涅亚，希腊神话中迈锡尼王阿伽门农和克吕泰涅斯特拉的女儿。

球上苟延残喘地过着卑下的日子，身受来自天堂的某种宗教俯视的重压，这种宗教还以其狰狞面目威胁人类的时候，一个希腊人，一个人首先敢于抬起双眼蔑视它，并且站立起反对它……正由于他，宗教被推翻，被踩在脚下，胜利把我们一直捧上了天。"在此，我们感到了在这种新颖的渎神之语与古代咒语之间的差别。希腊英雄们能够渴望变成神，而且同已有的神同时成为神。这是一种升华。卢克莱修作品中的人则相反，他推动一场革命，人在否定可鄙的、有罪的神的同时，取代了神的位置。人走出设防的营地，以人类苦痛的名义向神明发起了初次攻击。在古代社会中，谋杀是不可解释的、无法补偿的。在卢克莱修的作品中，人的谋杀只是对神的谋杀的一种回答。如果说卢克莱修的诗以一幅躺满死于瘟疫的人的尸体的神圣殿堂的惊人画面而结束的话，那这决非出自偶然。

倘若在伊壁鸠鲁和卢克莱修的同代人的情感中未能慢慢地开始形成人神的概念，那么这种新的语言是不可理解的。反叛正是向人神讨还个人的账。自人神统治之初起，反叛就以最顽强的决心开始了，并发出了断然的否定。随着该隐问世，第一次反叛同第一个罪恶正相吻合。反叛的历史正如我们现在所经历的那样，与其说是普罗米修斯的追随者的历史，不如说是该隐子孙们的历史。在这个意义上讲，旧约中的上帝鼓动起反叛力量。反之，当人们像帕斯卡尔那样结束了反叛的智慧生涯时，应当服从亚伯拉罕①、以撒②、雅各③所信奉的上帝。具有最深怀疑的灵魂渴望最伟大的冉森主义。

根据这种观点，《新约》可以被看作以该隐子孙们的一种企图事先作出的回答，它使上帝的面目变得温和，并在上帝和人之间造成一个调解者。基督要解决恶和死这两个主要问题，这也正是反叛者所要解决的问题。基督的解决办法首先是对这些问题负起责任。人神也耐心地忍受苦难。无论是恶还是死都绝对不可归咎于他，因为他也忍受煎熬并且死亡。各各他④之夜在人的历史上并没有同等的重要性，仅仅因为在黑暗中，神明公开抛弃它传统的特权，怀着绝望心情始终饱尝着死亡的焦虑。这样，萨巴克达尼喇嘛和基督临终时的可怖的怀疑就可以得到解释。怀着永恒的希望，临终就并不难熬。神要变成人，那他就应该感到绝望。

作为希腊-基督教合作成果的诺斯替教派在长达两个世纪的时间里曾经试图加强这一运动，以作为对犹太思想的反动。我们知道瓦伦丁⑤所设想的众多的调解者。但是这种形而上学的主保瞻礼节的始源与中间真理在古希腊文化中起着相同作用。这些始源旨在削弱在悲惨的人和无情的神之间会面的荒谬性。这

---

① 亚伯拉罕，希伯来人，今犹太人的始祖。
② 以撒，亚伯拉罕之子。
③ 雅各，以撒之子。
④ 各各他，耶稣被钉十字架的地方。
⑤ 瓦伦丁（Valentinus，公元 1 世纪末—161），早期基督教神学家，诺斯替教派代表人物。

特别是马西昂①的残暴而好战的第二神所起的作用。这位创世神创立了完善的世界和死亡。我们应该恨他，同时我们应该通过苦行来否定他的创造，直至以禁欲来毁灭他的创造。因此，这里说的是一种高傲而逆反的苦行。仅仅是马西昂将反叛引向一位低级的神，以更好地颂扬高级的神。诺斯替教派鉴于它渊源于希腊，始终起着调和作用并且试图在基督教中摧毁犹太教的遗产。诺斯替教派也要事先避开奥古斯丁派学说，倘若这种学说是为一切反叛提供论据的话。譬如，巴齐利特认为殉道者是有罪孽的，基督本人也是有罪的，既然他们是在受难。这种想法是古怪的，但它的目的在于使苦难摆脱其非正义性。诺斯替教派仅仅以希腊奥义传授的概念来代替强有力而专断的圣宠。第二代诺斯替派中的众多派别体现了希腊思想的这种多方的、竭尽全力的努力，为的是把基督教世界变成更易于进入的地方，并且要剥夺被古希腊文化视为万恶之最的反叛的理由。但是教会谴责这种努力，然而它越谴责，反叛则越增多。

该隐的子孙们在漫长的世纪中取得越来越大的胜利，在这种情况下，旧约中的这位神可以说取得了预料不到的成果。亵渎神明者想要重新复活被基督教排斥于历史舞台之外的那位嫉妒之神，那是不合情理的。亵渎神明者的大胆妄为之一正是把基督本人拉入他们的阵营，使基督的历史停留在十字架上，停留在他临终前的痛苦的呼声中。仇恨的神的无

---

① 马西昂（Marcion，约85—约160），早期基督教神学家。

情面貌现在更符合于反叛者所设想的那个样子。直到陀思妥耶夫斯基和尼采,反叛只是冲着残忍而任性的神明,这样的神明并没有令人信服的理由宁要亚伯的献祭而不要该隐的献祭,因此,他挑起了第一次谋杀。陀思妥耶夫斯基在想象上、而尼采在事实上把反叛思想的阵地大大地扩展了,并且向爱神本人算账。尼采在他同代人的灵魂中看到上帝已经死去。他就像他的先驱施蒂纳①一样向对上帝的幻想发起攻击,因为这种幻想在道德的掩饰下仍停滞在当代的精神领域里。但是直到他的时代,无神论的思想还限于不承认基督的历史(用萨德的话来说:"这部平淡无味的小说"),并把可怖的神的传统保持在对他的否定之中。

相反,当西方是基督教的西方之时,福音书曾是天与地之间的媒介。反叛发出的每一声孤独的呼叫都体现着一个极其痛苦的形象。因为基督曾忍受过这些,那就再没有任何苦难是不公正的了,每种痛苦都有必要的。在某种意义上来说,基督教苦涩的教义的传授以及在心灵中造成的合乎情理的悲观主义,都是因为普遍存在的不公正与完全的公正对于人来讲都同样令人满意。只有一位无辜神明的牺牲才能对无辜所遭受的长期而普遍的折磨作出合理的说明。只有上帝的苦难——最深重的苦难——才能减轻人的极度痛苦。如果从天上到人间的所有一切都无例外地同受痛苦,那么一种奇怪的幸福是可能实现的。

---

① 麦克斯·施蒂纳(Max Stirner,1806—1856),德国哲学家。

但是，自基督教在走出了它胜利的阶段而受到理性批判之时起，在基督的神奇确被否定的情况下，痛苦又变为人的必然命运。受难的耶稣只不过是加上了一名无辜者，亚伯拉罕上帝的代表们则拼命对他们进行折磨。把主人与奴隶分离开的鸿沟又一次出现，反叛始终面对着被一位嫉妒的上帝遮住的面孔吼叫着。无神论思想家和艺术家们谨慎地攻击基督的伦理与神性，为这种新的分离做好准备。卡洛①的作品出色地表现了这奇特的乞丐世界，乞丐最初的窃笑最终上升到了天堂，与莫里哀的唐璜相会合。十八世纪末开始酝酿着既革命又亵渎神明的动乱，从那时起的两个世纪中，无神论思想的一切努力旨在使基督变成一个无辜者或白痴，以使基督无论在人的高贵和卑微方面都隶属于人的世界。向敌对天国发起大规模进攻的工作就这样准备就绪。

反叛的诗歌

倘若说形而上学的反叛拒绝"是"并且限于作绝对的否定，那么它注定是要显现出来的。如果说它酷爱存在着的东西，拒绝对现实的一部分表示非议，那它或迟或早都不得不投入到行动中去。伊凡·卡拉马佐夫在两者之间是听天由命的代表，但这是在痛苦的意义上说的。十九世纪末到二十世纪初，反叛的诗歌经常在这两个极端之间摇摆：文学和强力意志、非理性和

---

① 雅克·卡洛（Jacques Callot，1592—1635），法国画家，雕刻家。

理性、绝望的梦幻和无情的行动。这些诗人，尤其是超现实主义者，最后一次给我们照亮了从显现通往行动的捷径。

霍桑[1] 在谈到梅尔维尔[2] 时说：他不信神，但他在无信仰中却得不到安宁。同样，对那些向着上天冲击的诗人，我们可以说他们在想推翻一切的同时，表现出了对秩序的难舍难分的留恋。在极度的矛盾中，他们要从不合理中汲取合理性，把非理性变成一种方法。这些伟大的浪漫派传人声称要把诗歌变成典范并要在诗歌最令人心碎的因素中找到真正的生活。他们把那些亵渎神明的话神圣化，把诗歌变成经验和行动的手段。事实上，直至他们为止，那些宣称要对事对人产生影响的人早就以理性的规则这样做了，至少在西方是如此。相反，兰波以后的超现实主义者要在狂乱和颠覆中找到建设的规则。兰波通过他的作品——也仅仅通过他的作品——曾经指明了道路，但他是以迅如闪电的方式指出的，在闪电雷鸣中人们看到了道路的边缘。超现实主义开启了这条道路，并树起了路标。它通过它的过渡与后退，赋予非理性的反叛的实践理论以最新的和华丽的词藻，同时，反叛的思想把对绝对理性的崇拜建立在另一条道路上。超现实主义的启迪者洛特雷阿蒙[3] 和兰波告诉我们，要求显现的非理性愿望通过什么途径能把反叛带向行动的最反自由

---

[1]　纳撒尼尔·霍桑（Nathaniel Hawthorne，1804—1864），美国作家。
[2]　赫曼·梅尔维尔（Herman Melville，1819—1891），美国作家。
[3]　洛特雷阿蒙（Comte de Lautréamont，1840—1870），法国作家，超现实主义先驱之一。

的形式。

洛特雷阿蒙和平庸

洛特雷阿蒙指出，在反叛者身上显现出来的愿望也隐没在平庸意志的后面。无论是在成长壮大还是在日趋削弱的情况下，他都想成为相异于自己的另一个人，而与此同时，他挺身而起，使得人们认识他的真实的存在。洛特雷阿蒙的亵渎神明之语和因循旧俗也说明了这种不幸的矛盾，这种矛盾在毫无是处的意愿中随他一起找到出路，并不像人们一般认为的那样存在着什么观点的改变，同样的毁灭的狂热解释了马尔多罗[①]对伟大的初夜的召唤以及《诗歌》中显示出来的辛辛苦苦的平庸。

在洛特雷阿蒙的作品中，人们明白了反叛尚在青少年时期。我们的投掷炸弹的恐怖分子与诗歌恐怖分子刚刚走出童年。《马尔多罗之歌》是天才的中学生的作品。这部作品的感人之处在于一个起来反对创造、反对自身的孩童的内心矛盾。正如《彩图集》中的兰波奋起反对世界的限制一样，洛特雷阿蒙首先选中了世界的末日和毁灭，而不是接受无法遵循的规则，这种规则使他成了他在现实世界中的样子。

"我毛遂自荐来保卫人类。"洛特雷阿蒙拐弯抹角地说。马尔多罗是慈悲的天使吗？在某种程度上讲，他是天使，因为他怜悯自己。为什么？这有待于进一步研究。失望的、受辱的、

[①] 马尔多罗（Maldoror），洛特雷阿蒙作品《马尔多罗之歌》的主人公。

难以承认的、被否认的怜悯将把他推向奇特的极端。用马尔多罗自己的话说，他就像接受创伤一样接受生命，并禁止自杀来治愈伤疤。他与兰波一样是一位受苦之人，是一位起来反抗的人。但是，他迟迟不肯说他的反叛是反对现在的他，他提出了反叛者千篇一律的论调：热爱人类。

这位自我推荐来捍卫人类的人同时还写道："指给我看看一个善良的人。"这种永久的行动便有虚无的反叛行动。但是，在人们同时察觉到反叛的这种合理性和无能为力的清醒瞬间，否定的怒气已扩展到人们曾要捍卫的事物中去。由于无法通过伸张正义来弥补不公正，人们宁可把不公正淹没在一种与毁灭相混合的更加普遍的不公正之中。"您给我造成的损失太大了，我给您造成的损害也太大了，以致这种损害不可能是有意的。"为了不怨恨自己，就得自称是无辜，这种勇气对于孤独的人来说永远是不可能的：阻碍他的东西就是他对自己是了解的。人们至少能宣称，所有的人都是无辜的，尽管都被当作罪人来对待。于是上帝成了犯罪分子。

从浪漫派到洛特雷阿蒙，除了语气有所不同之外，并没有取得实际进展。洛特雷阿蒙又一次在进行某些完善的过程中复活了亚伯拉罕上帝和路西法①式叛乱者的形象，他把上帝置于"人粪与黄金堆成的宝座上"，那个自称造物主的人身披用没有洗净的单子做的裹尸布，显出一副白痴般的傲慢神态坐在宝座

---

① 宗教用语，意即魔王。

上。"长着毒蛇嘴脸的可怕的上帝",人们看见"那个狡诈的强盗燃起大火烧死了老人和孩子",他醉醺醺地在沟里打滚或是在妓院里鬼混。上帝并没有死,但他倒下了。马尔多罗面对着堕落的神,他被描绘成一个穿黑袍的传统的骑士模样。他是魔鬼。"眼睛不应当看上帝那带着强烈仇恨的笑容投在我身上的丑态"。他再一次否认了一切:"父、母、神明、爱、理想,为的是只想到他自己一个人。"因为这位英雄受着傲慢的折磨,具有形而上学纨绔子弟的一切魅力:"面貌更富有人性,它像宇宙一样忧郁,像自杀一样美好。"同样,正如浪漫派反叛者那样,由于对神的公正感到绝望,马尔多罗容忍罪恶。使人受难,并同时自己受苦,这就是纲领。《马尔多罗之歌》就是恶的连祷文。

在这个转折点,人们甚至不再捍卫创造物。相反,"用各种方式攻击人——这头野兽和造物主……"这就是《马尔多罗之歌》表明的意图。马尔多罗想到以上帝为敌就感到震惊,他沉醉于极端的罪恶的巨大孤立之中("我独自一人反对全人类")。马尔多罗奋起反对创造和造物主。《马尔多罗之歌》颂扬"罪的神圣",宣告一系列"光荣的罪恶",第二首歌的第二十节诗甚至开始真的传授起罪恶和暴力来了。

一种如此奔放的热情在当时是常见的,它并没有什么价值。洛特雷阿蒙的特色并不在此。① 浪漫派在人的孤独和神的无动于

---

① 他的怀疑体现在另行出版的第一首歌和其余的歌的差别之中。第一
首歌是相当平庸的拜伦式作品,而其余的几首则闪烁着不凡的文采。
莫里斯·布朗肖注意到这种不同的重要性。——作者原注

衷之间保持着互不相容的对立，因为在文学上，人的这种孤独是通过孤立的城堡和纨绔子弟来表达的。但是洛特雷阿蒙的作品谈及更深刻的悲剧。这种孤独对于他似乎是不可忍受的。他奋起反对创造，似乎要摧毁创造的一切界限。他并不设法用箭楼城池来巩固人的统治，他要把一切统治混同起来。他把创造带回到原始的大海，道德与一切问题同时在那里失去了自身意义，据他看来，这些问题中令人觉得可怕的是灵魂不死的问题。他并不想树立起面对创造的反叛者或纨绔子弟的惊人形象，而是把人和世界混在同一种毁灭中。他向把人与宇宙分开的边界发起攻击。完全的自由，特别是犯罪的自由，意味着人的边界被摧毁。对所有人和自身进行咒骂还嫌不够，还得把人的统治拉回到本能的统治水平上。在洛特雷阿蒙的作品中，人们看到了这种对理性意识的拒绝，这种向原始的回归是反对自身文明的标志之一。这不再是通过意识的顽强努力的显现，而是不再作为意识而存在。

《马尔多罗之歌》中的创造物都是两栖类的，因为马尔多罗拒绝大地和大地的界限。植物都是藻类植物和海藻。马尔多罗的城堡筑在水上。他的祖国是古老的海洋。海洋具有双重象征，它既是毁灭的也是和解的地方。马尔多罗以他自己的方式缓和遭受自身和别人蔑视的灵魂的强烈的渴望，即不再存在的那种渴望。《马尔多罗之歌》可说是我们的《变形记》，在这部作品中，古代微笑被剃须刀划破的嘴露出的笑所代替。一个狂热的而且是不和谐的幽默形象。这位斗兽者不能隐藏人们想从中发现的所有意义。但他至少使我们看到了一种毁灭的意志。这种意志源于反叛的核心深处。帕斯卡尔"变得愚蠢吧"这句话对于他来说具有字面上的意义。洛特雷阿蒙似乎未能忍受为生活而必须经受的冷峻和无情的清晰。"我的主观性另外还有一位造物主,这对一个脑袋来说太多了。"于是,他决定把他的生活以及他的作品化为在乌黑的水里迅游的墨鱼。马尔多罗在大海中与雌鲨鱼进行长时间的、贞洁而丑恶的交媾,这一段优美文字,特别是那个马尔多罗变成一条章鱼攻击造物主的故事,是用明晰的语言表明向着存在的边界以外逃遁和对于自然规律的痉挛般的违背。

对于那些从公正和激情终于取得平衡的和谐国土上被抛弃的人来说,他们宁愿要苦涩的王国而不要孤独,在苦涩的王国,词语失去了意义,盲目的创造物的力量和本能占统治地位,这个挑战同时是一种侮辱。同第二首歌中的天使斗争以天使的失败与腐朽告终。天、地于是又回到并且相混于原始生命的液体深渊。这样,《马尔多罗之歌》中,"人——鲨鱼的腿和手臂前端部只有受到某些无名的罪恶的赎罪般惩罚时才获得新的变化。"在洛特雷阿蒙鲜为人知的生活中,确实有一种罪过或犯罪的幻觉(同性恋?)。《马尔多罗之歌》的任何一个读者都不能不感到这部作品缺少斯塔福金纳的忏悔。

由于没有忏悔,我们应在《马尔多罗之歌》中看到这种神秘的赎罪意志的加强。我们将会看到,反叛的某些形式所特有的行动在于在非理性冒险结束之时恢复理性,即乱而后治,并且自愿地套上比人们要摆脱的锁链更加沉重的锁链。这种行动在这部作品中被作者以一种如此强烈的简化意志和这样一种犬儒主义描述出来，以致这种转化必然具有一定意义。一种绝对肯定的理论继颂扬绝对否定的《马尔多罗之歌》之后而来。继无情的反叛而来的则是因循千篇一律的归俗。这一切都是明明白白地发生着的。《诗歌》为我们对《马尔多罗之歌》作出了最好的注解。"以幻影为生的绝望坚决而沉着地引导文学家大规模地废除神和社会的法则，把他们引向理论和实践的恶性。"《诗歌》也揭露了"在虚无斜坡上滚动的并以快乐的欢呼蔑视自己的某个作家的罪过"。但是，《诗歌》除了因循形而上学的老一套之外，拿不出其他处方来对付这种恶："怀疑的诗歌发展到这种毫无生气的绝望与恶意的程度，这是因为它彻头彻尾是假的。鉴于此，人们在诗歌中讨论原则，而原则是不应讨论的。"（致达拉赛信）这些堂皇的道理归纳了唱诗班儿童和军训教材的道德。因循守旧也可能是狂热的，因而是异常的。人们在颂扬作恶的鹰对希望之龙所取得的胜利时一再重申他们只歌唱希望，他们能够写道："以我的声音和我在伟大时代中的庄严，我在我荒芜的家园中提请你注意光辉的希望"，另外还要使人信服。安慰人类，亲如兄弟地对待人类，重归孔教、佛教、苏格拉底、耶稣基督"这些饿着肚子走遍乡村的道德家"（历史上并不一定如此），这些仍是绝望的打算。因此，在罪恶的核心，品德、规矩的生活具有怀旧的味道。因为洛特雷阿蒙拒绝祈祷，基督对他来说只是一个道德家而已。确切说来，他所提倡的东西不如说就是他向自己提倡的东西，即是不可知论和竭尽义务。一种如此美好的主张不幸要以悠闲、温馨的夜晚、无苦楚的内心、轻松的思索为前提。当洛特雷阿蒙突然写道："除了降临人世的恩泽之外，我不知还有其他什么"的时候，他激动了。但是，当他又说"一种不偏不倚的精神认为这种恩泽是完整的恩泽"，我们想象得出此时他正在咬紧牙关。在生与死面前，没有不偏不倚的精神。反叛者同洛特雷阿蒙一起逃向荒漠。但这因循守旧的荒漠与哈勒尔[①]一样凄凉。追求绝对和对毁灭的狂热使他变得贫乏无味。正如马尔多罗追求完全的反叛，洛特雷阿蒙出于同样的理由，宣称要求绝对的平庸。他曾尽力把那意识的呼声窒息于原始的海洋之中，要把它与兽类的吼声混为一谈。他曾试图在对数学的迷恋中使之得以消遣，现在他却要把它窒息在毫无生气的因循守旧之中。反叛者试图对潜藏在他的反叛深处的存在发出的这种呼唤充耳不闻。或者，拒绝成为任何东西；或者，愿意成为无论什么东西，这说的是不再存在。在这两种情况下，涉及的都是一种幻想的俗套。平庸也是一种姿态。

因循守旧对统治我们大部分精神史的反叛是一种虚无主义的诱惑。这部精神史指出，投身行动的反叛者一旦忘了本，就会受到最强大的因循守旧的诱惑。因此，这部历史也就对二十世纪作了解释。洛特雷阿蒙通常被誉为纯洁的反叛的歌手，而

---

①　哈勒尔，埃塞俄比亚地名，放弃文学后的兰波曾在哈勒尔经商多年。

他却对我们的社会风行的精神奴化感兴趣。《诗歌》仅是"未来的书"的序言；所有的人都想象着这部未来的书——文学反叛的理想成果。然而今天，根据当局的旨意，反对洛特雷阿蒙的书已经写出了数百万本。当然，天才也并非没有平庸之处。但这不同于其他人的那种平庸，那种人们徒劳地打算与之相聚合的平庸，那种在必要时通过动用警察同造物主相聚的平庸。每个天才既是奇特的，也是平庸的，天才若仅是其中之一，那么他就毫无是处。关于反叛，我们应记住这一点。反叛有自己的纨绔子弟和仆从，但它在这些人中并不承认有它的合法子弟。

超现实主义和革命

在这里，我们几乎并不谈及兰波。关于他，话已说尽，不幸的是说过了头。然而，我们还将明确说明兰波只有在他的作品中才是一个反叛的诗人——这种明确说明涉及我们的主题。他的一生远没有证实由它而起的神话，仅仅表明了对最糟的虚无主义的赞同——客观地阅读一下哈勒尔来信就足以证明这一点。兰波被神化了，因为他拒绝把自己当作天才，这似乎意味着一种超人的品德。尽管这一切使我们当代人的托辞变得无人相信，然而还是应当说唯有天才意味着品德，而不是拒绝天才意味着品德。兰波的伟大之处并不在于在夏尔维尔 [①] 发出的最初

---

① 夏尔维尔，兰波出生地。

欢呼声，也不在于在哈勒尔所做的交易。他的伟大在这样的时刻显露出来——在这时刻，他给反叛以过去从不曾获得的正确的语言，他同时说出了反叛的胜利和焦虑，说出了相离于世界的生活与不可逃脱的世界，向着不可能发出的疾呼和应该扼住的不平的现实。在这个时刻，他自身中既包含着醒悟又包含着地狱，既侮辱又颂扬着美，把不可消除的矛盾变成双重的和交错的歌。在这个时刻他是一位反叛的诗人，一位最伟大的反叛诗人。他的两部最主要作品的构思的安排并不重要。不管怎么说，在这两个构思之间的时间太短了，而一切艺术家，从生活的经历中得出的绝对信念中知道，兰波曾同时构思着《地狱一季》和《彩图集》。若说他是一前一后写成这两部作品的话，他却同时忍受着它们。这种损害他的矛盾就是他的真正天才。

回避矛盾、尚未发挥尽自己天才就背弃天才的人，他的品德又从何谈起？兰波的沉默对于他并不是一种新的反叛方式。至少，自从发表了哈勒尔的信件以来，我们不能再肯定这一点。无疑，他的变化是神秘的。但是，在婚姻把她们变成摇钱树和引人上钩的姑娘们的平庸之中，也有令人迷惑的不解之处。围绕兰波建立的神话意味着肯定在《地狱一季》发表之后就无作品可言。那么对这位才华横溢的诗人，这位具有无穷才智的创造者来说，有什么是不可能的呢？在《白鲸》《诉讼》《查拉图斯特拉如是说》《群魔》发表之后，还希望什么呢？然而，在这些作品发表后，伟大的作品依然问世，这些作品教导人们表现他们身上更值得自豪的东西，直至作者去世才告终。有谁会不为这样一部比《地狱一季》更伟大的作品而惋惜呢？舍弃这部作品会使我们大失所望。

阿比西尼亚是修道院吗？是基督教使兰波保持缄默？倘若我们根据这些信件来评判的话，这位基督就成为今天端坐银行窗口的人。在这些信件中，可憎的诗人只谈论基督的钱，基督关心的是他的钱"是否平安"，是否能"源源不断地给他带来利息"。基督成为一个在酷刑中歌唱的人，成为一个咒骂上帝和美、攻击正义和希望、在罪恶的气氛中光荣地枯竭下去、愿与一个"有前途"的人结婚的人。占星家、通灵者、在苦役犯监狱终身遭受囚禁的难缠的囚犯，还有无神大地上的人间之王，他的腰带上总揣着八公斤黄金，他还抱怨这腰带让他拉稀，难道这些人就是人们向众多年轻人提倡的神话中的英雄？年轻人并不嫌弃尘世，但一想到这条腰带就羞愧得无地自容。为保持神话，就得置这些信件于一边。人们懂得，很少有人去评论这些信，它们亵渎神明，就像真理有时亵渎神明一样。伟大而卓越的诗人，他的时代最伟大的诗人，迅速降示的神谕，这就是兰波。但是他不是人—神，不是愤世嫉俗的榜样，也不是人们向我们推崇的诗歌修道士。他只有在医院的病床上，在痛苦的临终时刻又重新变得伟大。在这样的时刻，即使是平庸的心灵也会使人感动："我多么不幸，我多么不幸……我身上有钱，可我甚至不可能照管我的钱！"在这悲惨的时刻发出的呼唤使兰波幸运地同伟大不谋而合："不，不，我现在不愿死！"青年兰波面临深渊而复苏，在对生活的诅咒只是死的绝望的时期中的反叛也随之复苏。这时，这位资产阶级的商人同我们曾衷心热爱过的那个饱尝辛酸的青年汇合在一起。在那些不知珍惜幸福的人最终落入的恐惧和苦涩的痛苦中，他又回到了他的青少年时代。他的热情和真实在此刚刚开始。

另外，哈勒尔确在作品中为人所知，但却是以最终舍弃的形式出现的。"在沙滩上，美美地睡上一觉。"一切反叛者所具有的牺牲——毁灭的狂怒——就采取最通常的形式。兰波所描述的那位不断残杀自己臣民的亲王的可怕罪孽、经久的放荡，都是超现实主义作家后来重新操起的反叛主题。但是，最终虚无主义的疲惫占了上风：争斗、罪孽本身使精疲力竭的灵魂难以承担。如若人们胆敢这么说，狂饮为了不忘却通灵者，终于在烂醉中昏昏睡去。我们的同代人非常清楚这些。人们在沙滩或在雅典沉睡。人们不再是积极地、而是被动地接受世界的秩序，即使这种秩序在渐趋削弱也罢。兰波的沉默也为帝国的沉默作着准备，这个帝国统治着屈从一切但唯独不听命于斗争的人。这个突然拜倒在金钱脚下的伟大灵魂提出了其他要求，起初有些过分的要求，而后来则是一些为警察效力的要求。毫无是处，这就是对自身反叛产生厌倦的灵魂所发出的呼声。这说的是一种精神的自杀，这种精神说到底不如超现实主义的精神那样令人尊敬，但同样会产生更加重大的后果。超现实主义正是产生于这个伟大的反叛运动结束之时，它之所以有意义，仅仅是因为它曾试图继承绝无仅有能赢得人们温情的兰波。超现实主义从那封关于通灵者的信中并从信中所提出的方法中得出了反叛苦行的规则，它阐明了在存在的意志和毁灭的欲望之间、在"不"与"是"之间进行的斗争，我们在反叛的各个阶段都曾遇到这种斗争。鉴于这些原因，与其喋喋不休地重复关于兰波作出那些评论，倒不如在兰波的后继者的作品中去重新发现他、研究他。

绝对的反叛、完全的服从、有规则的破坏、诙谐和对荒谬的崇拜——超现实主义的初衷就是对一切提出诉讼，永远重新启始。超现实主义干脆、明了、带有挑衅地拒绝一切规定性。"我们是反叛的专家。"用阿拉贡的话来说，超现实主义是一架震撼精神的机器，它在"达达"运动中形成。应该指出，"达达"运动渊源于浪漫派和它苍白无力的崇尚时髦。无意义和矛盾由于这二者自身而得以保持。"真正的达达派成员反对达达运动。大家都是达达运动的首领。"还有："什么是美？什么是丑？什么是伟大？强、弱……我不知道！我不知道！"这些沙龙里的虚无主义者显然就是要以仆从的身份提供最僵硬的正统观念。然而，除了标新立异的炫耀，兰波的遗产，即布勒东用"我们应在那里留下全部希望"所概述的遗产之外，在超现实主义中还有一些别的什么。

向着超脱的生活发出的伟大召唤伴随着对现世的完全拒绝，布勒东说得妙："我无法逆来顺受天生的命运，在我的意识的最高层次中受到了这种不公正对待的损害，我谨防自己的存在适应人间整个卑微的存在条件。"布勒东认为，精神不可能设法在生活以外得以固定。超现实主义要对这种无休止的不安作出回答。它是一种"回过来反对自己并且决定不顾一切粉碎这些障碍的精神呼声"。超现实主义诅咒死亡和脆弱条件的"不足称道的期限"。超现实主义听从不甘寂寞的情绪左右。它存在于某种受挫伤的忿愤之中,同时存在于意味着某种严峻道德和自傲的不妥协之中,超现实主义——混乱的福音书,它从一产生起就面临着创造秩序的职责。但是,它起初考虑的只是摧毁,先是用诗歌进行诅咒,后是使用物质的锤子。对现实世界的诉讼,自然变成对创造的诉讼。超现实主义的反命题是推理的和有条理的。它首先肯定人绝对无罪的观点,应该把人曾经能够赋予上帝这个词的全部威力归还给人。正如在整个反叛历史中的情况那样,这种绝对的无罪的观点产生于绝望,逐渐转变为疯狂的惩罚。超现实主义者在颂扬人类无罪的同时认为可以推崇谋杀和自杀。他们视自杀为一种解决方案。克雷韦尔[①]认为这种解决方法看来是最正确的、最具有决定意义的,他和里戈[②]、瓦歇[③]一样自杀身亡。阿拉贡对侈谈自杀的人进行了抨击。尽管如此,欢呼毁灭而又丝毫不与其他人一起参与其中,这都不会给任何人带来荣誉。在这方面,超现实主义从它所憎恶的"文学"中留取了最糟糕的流畅,并且为里戈的撼人身心的呼声进行辩解:"你们都是诗人,而站在死亡一边。"

[①] 勒内·克雷韦尔(René Crevel,1900—1935),法国诗人。
[②] 雅克·里戈(Jacques Rigaut,1898—1929),法国诗人。
[③] 雅克·瓦歇(Jacques Vaché,1895—1919),法国诗人。

超现实主义不止于此。它把维奥雷特·诺齐耶或是无名的刑事犯当作英雄，这样，它在罪恶面前肯定创造物的无辜。但是，超现实主义也敢于宣称——这也是一九三三年以来安德烈·布勒东会感到遗憾的那些话——超现实主义者最直截了当的行为是拿着手枪上街，向着人群任意开火。除了个人的决心、个人欲望的决心之外，其他的一切决心连同除去无意识优先以外的一切优先都遭到了拒绝。说到底，超现实主义同时反对社会和理性。非理性活动的理论环绕着对绝对自由的要求。如果这种自由在雅里[①]对孤立下的定义中归结为"当我掌握整个财权时，我将杀死所有人而离去"，那又有什么关系。根本问题在于障碍被否定，非理性获得胜利。倘若不是在一个无意义的、无荣誉的世界上唯有在各种形式下出现的存在的欲望才是合理的，那么这种对谋杀的赞语意味着什么呢？生活的激情、无意识的冲动、非理性的呼喊是唯一应当提倡的纯粹真理，一切与欲望相对立的东西——主要是社会——都应无情地加以摧毁。于是我们理解了安德烈·布勒东对萨德的评语："当然，此人只有在罪恶中才能与本性相融洽；另外，还要弄清楚，这是不是最狂热、最无可争议的爱的方式之一？"人们深深感到，这里说的是一种无对象的爱，即受过创伤的心灵的爱。然而，这种空虚而又贪婪的爱，这种占有欲，正是社会要横加阻挡的疯狂行为。因此，布勒东尽管对自己这番言论仍感困惑，却对背

[①] 阿尔弗雷德·雅里（Alfred Jarry，1873—1907），法国诗人。

叛大加赞扬，并称（超现实主义曾力图加以证实）暴力是唯一适当的表达方式。

但是，社会是由人组成的。社会也同时是一种机构。超现实主义者禀性过分高贵，不会杀死所有人。鉴于他们的态度的必然逻辑，超现实主义者竟认为必须首先推翻社会以解放欲望。他们决定为他们时代的革命服务。他们通过造成本文主题的那种一致性从沃波尔[①]、萨德发展到爱尔维修和马克思。但事情很清楚，他们并不是研究了马克思主义以后才走上革命道路的。[②]相反，超现实主义者作出的不懈努力目的在于使引导他们去革命的那些必然要求能够与马克思主义和解。我们可以说，超现实主义者转向马克思主义正因为他们对马克思主义最厌恶，这并不是自相矛盾。由于人们了解安德烈·布勒东要求的实质和它的高贵之处，在分担了同一种痛苦之后，就迟疑不决地去提醒布勒东，他的运动把建立一个"铁面无私的权威"和专政以及把政治狂热、拒绝自由言论和主张死刑的必要性当作准则。人们对这个时期的古怪用语（如"破坏""告密者"，等等）也感到惊讶，这些词汇正是警察式的革命用语。然而，这些狂乱分子要进行一场"随便什么样的革命"，即不管什么东西，只要能使他们摆脱他们不得已生活在其中的那个唯利是图和妥协的世界就行。他们得不到最好的，就选择最糟的。在这一点上，

---

① 霍勒斯·沃波尔（Horace Walpole，1717—1797），英国作家。
② 通过对马克思主义的研究而起来革命的共产主义者是屈指可数的。人们先皈依而后读《圣经》。——作者原注

他们是些虚无主义者。他们并没有发现他们之中那些从今后要忠于马克思主义同时还忠于他们最初的虚无主义的人。超现实主义者所渴望的语言的真正的毁灭并不在于支离破碎或规律性中，而是在于口号之中，尽管阿拉贡始于对"不光彩的实用主义态度"的揭露，但他最终在这种态度中找到了道德的完全解放，即使这种解放同另一种奴役曾经互相吻合。皮埃尔·纳维尔是超现实主义者之中对这问题思考得最深刻的人，他寻找革命行动和超现实主义行动之间的共同基础，并把这种基础深刻地确定在悲观主义之中，即"陪伴人类走向毁灭和不忽略任何东西的意图，使这种毁灭成为有用的"。奥古斯丁学说和马基雅维利主义的混合实际上确定了二十世纪的革命。人们无法以更勇敢的方法来表达当代的虚无主义。超现实主义的背叛者在大部分原则上都是忠于虚无主义的。他们愿以某种方式去死。如果安德烈·布勒东和其他一些人最终与马克思主义分道扬镳，那是因为在他们身上除了虚无主义以外还有一些别的东西，即在反叛的起因上，对于更为纯洁的东西的第二忠诚：他不愿去死。

当然，超现实主义者曾经愿意信奉唯物主义。"在波将金号战舰起义的原因中，我们乐于辨认出这块可怕的肉。"但是在他们身上，正如在马克思主义者身上一样，对这块肉并无友谊可言，即使是精神上的友谊也罢。腐烂的尸体仅仅形象地体现出现实世界，是这个现实世界使反叛者起来反对它。若说反叛使一切都合法，它并没有对任何事情作出解释。对超现实主义者来说，革命并不是人们日复一日在行动中加以实现的一个目的，而是一种绝对的、安慰人的神话。革命"就像爱情，是真正的生活"，艾吕雅[①]就是这么说的，他并没有想到他的朋友卡朗特拉会死于这种生活。他们追求的是"天才的共产主义"，而不是别的。这些奇怪的马克思主义者公开宣布造历史的反，并且欢呼英雄的个人。"历史是受人的卑劣行径所影响的规律支配的。"安德烈·布勒东同时要得到革命和爱情，而这二者是不相容的。革命在于爱一个尚未存在的人。但是，对一个爱着某人的人来说，若说他是真爱，那么他只能是为这个人去死。事实上，对安德烈·布勒东来说，革命只是反叛的一种特例，而对马克思主义者来说，或推而广之，对一切政治思想来说，唯有相反的观点才是真实的。布勒东并不设法从行动上来实现能为历史增辉的幸福的城邦。超现实主义的基本论点之一就是没有永福。革命的益处并不是给予人们幸福，那种"人间可憎的安乐"。相反，在布勒东看来，革命应当净化和照亮人类可悲的条件。世界革命及其所包含的重大牺牲只会带来一个好处："阻止社会条件的完全人为的不稳固性遮掩人类条件的现实不稳固性。"只是布勒东认为，这种进步太过分了。这等于说，革命应当为内部苦修效力，通过苦修，每个人都能把现实转变为美妙的东西，"人的想象力的有力的报复"。对安德烈·布勒东来说，美妙所占有的地位同理性在黑格尔作品中所占地位一样。人们不能设

---

① 保尔·艾吕雅（Paul Éluard，1895—1952），法国诗人。

想同马克思主义的政治哲学更全面地对立。被阿尔托 [1] 称作阿弥埃尔 [2] 的那些人的长期犹豫并不难以解释。超现实主义者同马克思的分歧之大超过了约瑟夫·德·梅斯特 [3] 这类反动分子同马克思的分歧。反动分子利用存在的悲剧拒绝革命，就是说维持历史状况。马克思主义者则利用它使革命合法化，就是说建立一种历史状况。这两类人都利用人类的悲剧为他们的实用主义目的服务。布勒东则利用革命完成悲剧，并且不管他的杂志的名称是什么，他都使革命为超现实主义的冒险服务。

如果说，人们考虑到马克思主义要求非理性的屈从，超现实主义者却誓死捍卫非理性，那么，超现实主义与马克思主义的决裂就最终得以解释了。马克思主义要征服总体，而超现实主义则像一切精神经历一样要求得到统一。如果理性足以征服世界帝国的话，总体就能要求非理性屈从。然而，要求统一的意愿更为苛刻。对于这种意愿来说，一切都是理性也还不够。它特别要求理性和非理性在同一水平上取得和解。这意味着残缺不全的统一是不存在的。

安德烈·布勒东认为，在统一的路上，总体只能是一个阶段，这个阶段也许是必要的，但肯定是不够的。在此，我们再次遇到了"一切"或"全无"的主题。超现实主义要求得到普

---

[1] 安托南·阿尔托（Antonin Artaud，1896—1948），法国作家。

[2] 亨利-弗雷德里克·阿弥埃尔（Henri-Frédéric Amiel，1821—1881），瑞士作家。

[3] 约瑟夫·德·梅斯特（Joseph de Maistre，1753—1821），法国政治家、作家、哲学家。

遍性，而布勒东对马克思所作的奇怪然而深刻的指责正是认为马克思主义并不具有普遍性。超现实主义者想把马克思主义的"改造世界"和兰波的"改变生活"调和起来。然而前者要征服世界的总体，后者则要取得生活的统一。自相矛盾的是一切总体都具有限制性。最终这两种方案分裂了超现实主义者。布勒东持兰波的观点，他指出超现实主义并不是行动，而是苦行和精神的经历。他再次把造成超现实主义运动的深刻的特殊因素放在第一位。由此，他关注有关反叛、恢复神圣和取得统一的思考。他越深化这种特殊性，就越远离他的政治伙伴，远离自身的某些初衷。

事实上，在追求超现实主义的目标中，即幻想与现实的融合、理想和现实之间由来已久的矛盾的纯化中，布勒东从未发生过变动。我们知道超现实主义的解决方案：具体的非理性，客观的偶然性。诗歌是夺取"至高无上点"的唯一可能。"某种精神之点以此为出发点，生与死、现实与想象、过去与未来……不再被看作是相互矛盾的。"这个也许会标志着"黑格尔体系的巨大崩溃"的至高无上点究竟是什么？这就是寻求顶峰——深渊，神秘主义者对此是熟悉的。事实上，这是一种无上帝的神秘主义，它是平缓的并且阐明反叛对绝对的渴求。超现实主义的主要敌人是理性主义。布勒东的思想为我们展现了西方思想的奇怪景象，在这种思想中，相似原则总是以损害同一和矛盾原则而得到发展，问题正在于在欲望和爱情的火焰中熔解矛盾，推倒死亡的墙。魔法、原始的或天真的文明、炼金术、火花或白夜都是统一和哲学基石道路上的美妙阶段。超现实主义若没有改变世界，它却赋予世界一些古怪的神话，当它声称希腊人又回来时，这些神话部分地为尼采进行辩解。之所以说部分地为尼采辩解，是因为这里指的乃是阴暗的希腊，即完善神秘和诸种邪恶之神的希腊。正如尼采的经验在接受地中海精神中得以完善，超现实主义的经验在颂扬子夜、拼命而不安地崇拜风暴中达到了巅峰。用布勒东自己的话说，他懂得不管怎样，生命已经被牺牲了。但是，他的依附不可能是我们所需要的明亮的光线的依附。"我身上有太多北方的东西，以致不是一个完全依附的人。"

然而，他经常违心地减弱否定部分而提出了反叛的积极要求。他选择了严峻而不是沉默，仅仅保留了"道德要求"，巴塔耶①认为这种"道德要求"推动了初期的超现实主义，"用一种新道德去代替现在的道德，因为它是万恶之源"。当然，他并未能建立起这种新道德，现今仍然没有人能做到。但是，他从来就没有失去做到这一点的希望。在布勒东的那个要颂扬人的时代里，人却被以超现实主义过去曾经接受的某些原则的名义加以贬低。面对这种可怖的时代，他觉得必须暂时地提倡返回传统道德。也许，这期间有停息。但这是虚无主义的停息和反叛的真正进步。说到底，布勒东由于没有能赋予自己以道德和价值，尽管他深知它们的必要性，他于是选择了爱情。爱情是处

---

① 乔治·巴塔耶（Georges Bataille，1897—1962），法国作家。

于忧虑中的道德，这种道德曾是这位流放者的家园。显然，这里还缺少一项措施。超现实主义既非某种政治，也非某种宗教，它也许只是一种无法到达的智慧。并不存在安逸舒适的智慧就是明证。布勒东绝妙地疾呼："我们要求并且我们会有彼世的生活。"当理性已投入行动并使它的千军万马奔腾在世上时，他仰望着的星光灿烂的夜空也许预示着黎明的来临，黎明中尚未有他和我们的复兴诗人勒内·夏尔[①]的黎明，即那些早起者。

[①] 勒内·夏尔（René Char, 1907—1988），法国诗人。

历史的反叛

自由，"这个写在风暴战车上的可怕字眼"属于一切革命[①]的原则。若无自由，正义在反叛者看来就是不可思议的了。然而正义要求取消自由的时刻来临了。恐怖，或大或小的恐怖环绕着革命。每一次的反叛都是对纯洁的怀念，都是向着存在发出的呼唤。但是怀念有朝一日拿起了武器，它承担起十足的罪恶——谋杀和暴力。奴隶的反叛、弑君的革命和二十世纪的革命自觉地承诺了越来越大的罪恶，因为它们都打算建立起越来越完全的自由。这种矛盾变得十分尖锐，它使我们的革命者失去了昔日在我们制宪议会成员脸上及演说中闪耀着的幸福与希望的神采。这种矛盾是不可避免的吗？它标志或体现着反叛的价值吗？这涉及革命提出的问题，正如过去涉及形而上学反叛提出的问题一样。事实上，革命只是形而上学反叛的逻辑的继续，在对革命运动的分析中，我们将会看到同一种竭尽全力、不惜流血的努力，为了在否定人的事物面前肯定人。革命精神就这样捍卫了不甘屈服的人的这一部分。只不过它试图赋予人

---

① 革命（Révolution）在天文学上意为运行、绕转。

对时代的统治。鉴于一种不可避免的逻辑，它拒绝上帝，选择了历史。

在理论上，革命这个词保留着它在天文学上所包含的意义。这是一种扣环的运动，这种运动经过完整的转移由一个政府过渡到另一个政府。仅仅有所有制的变化而无相应政府的更迭，这不是革命而是改良。绝没有不同时显示为政治革命的经济革命，不管这种革命的手段是流血的还是和平的。由此，革命已有别于反叛。"不，陛下，这不是叛乱，而是一场革命。"①这句名言已经强调指出了这种基本差异。它的确切含义是："确信会出现新政府。"反叛行动从其根源上看是持续不久的。它仅是一种连贯的见证。相反，革命以思想为先导。确切地说，革命就是把思想灌输到历史经验中去；而反叛只不过是从个人经验走向思想的运动。革命是一种根据思想规范行动，在某种理论范围内改造世界的企图。而反叛的历史，即使是集体的也罢，总是一部投射于事实的无出路的历史，一部既不牵涉制度也不涉及理性的阴暗的抗议史。因此，反叛残杀生灵，而革命则同时毁灭人和原则。但是鉴于同样的道理，我们能够说历史上尚未发生过革命。只会有一种革命，这种革命就是最终的革命。完成了扣环的运动似乎在政府组成的同一时刻已经打开了新的一环。以瓦尔莱为首的无政府主义者清楚地看到政府与革命在直接意义上是不相容的。普鲁东说："认为政府会是革命的，这种

---

① 弗洛代·奥内梯语。

说法是自相矛盾的，而这只是因为政府就是政府。"根据以往的经验，对此还可补充一句："政府只有在反对其他政府时，它才是革命的。"革命的政府在大多数情况下必然是好战的政府。革命越发展，革命所意味的战争赌注就越大。一七八九年中诞生的社会愿为欧洲而战。一九一七年革命中诞生的社会为统治全世界而战。整体的革命最终要求建立世界帝国，下面我们还要说明其中的原因。

在等待成功的同时（如果这种成功会来临的话），人的历史在某种意义上讲是人前赴后继进行的反叛的总和。换句话说，在空间得以清晰地表现的转移运动在时间上只是一种近似。十九世纪被人们虔诚地称为人类解放的东西，从外部显现为一系列不间断的反叛，这些反叛相互超越，并且试图在思想中发现自己的形式，然而，它们并没有实现可以稳定天下的最终的革命。表面的考察并不是从真正的解放出发得出人自己肯定自己的结论，这种肯定越来越扩大，但始终未完成。如果曾经发生过革命，那就肯定不再有历史了，可能会有的是幸运的统一和心满意足的死亡。因此，所有的革命者都以世界统一为最终目的，他们的行为就似乎表明他们相信历史的终了。二十世纪革命的特色是它第一次公开声称要实现阿纳沙尔西斯·克洛兹[①]的夙愿，即人类的统一和历史最终的完成。正如反叛运动最

---

① 阿纳沙尔西斯·克洛兹（Anacharsis Cloots，1755—1794），即克洛兹男爵，国民公会议员。原名让·巴博蒂斯特，外号阿纳沙尔西斯。1794年被处死。

终达到"一切或全无",正如形而上学的反叛要求世界的统一，二十世纪的革命运动达到了自身逻辑最明确的结果之后，就手持武器强烈要求历史的整体性。反叛于是受命变成革命的反叛，否则就会成为不足为道的，或被时代淘汰。对于反叛者来说，问题不再是像施蒂纳那样把自己奉为神明，或是在姿态上独自脱身，而是把尼采这类人奉为神明并肩负起他的超人类的理想，按伊凡·卡拉马佐夫的心愿普渡众生。群魔第一次登台并且阐明了当代的秘密之一，理性和强权意志的同一性。上帝已经死了，应当由人的力量来改造和组织世界。仅有诅咒的力量是不够了，应当有武器并且要征服整体。革命本身、尤其是被称为唯物主义的革命，只是一场过分的形而上学的十字军远征而已。然而整体就是统一吗？这正是本文应当回答的问题。人们仅仅看到这种分析的语言并不是无数次地重复描述革命的现象，也不是一次再一次地统计各次大革命的历史或经济原因，而是要在某些革命事实中重新发现符合逻辑的发展，重新发现对形而上学反叛的阐述和它持久的主题。

大部分的革命在谋杀中成型并具有自身的特色。所有的或几乎所有的革命都曾经是杀戮。其中甚至有些还弑君和弑神。如形而上学的反叛的历史是随着萨德开始，我们的论题只是随同弑君、随同当代人开始，这些当代人攻击神的化身，而并不敢废除永恒的原则。但是，从前，人的历史也向我们指明了最初的反叛运动的等同物，即奴隶的运动。

哪里有奴隶反抗奴隶主，哪里就会有一个人在残忍的土地上远离原则起来反对另一个人，其结果就只是谋杀人。奴隶暴动、农民起义、穷人战争、农夫反叛均提出了相同的原则——一命换一命。不管怎样的有勇气和神秘化，人们还是在革命精神最纯粹的形式——例如一九〇五年的俄国暴力革命中，重新发现这种原则。

在这方面，古代社会末期、公元前几十年发生的斯巴达克斯起义具有典型性。人们首先会注意到这是一场角斗士的反叛，也就是说，这是一些专门从事人与人格斗的奴隶的反叛。为了给奴隶主们取乐，他们杀人或者被人所杀。这次叛乱开始只有七十人，最后发展成为一支拥有七万起义者的军队，这支军队打败了罗马最精锐的荣誉军团，北上意大利，向这座永恒城市进军。然而，如安德烈·普吕道莫[1] 所指出的那样，这场起义并没有给罗马社会带来任何新的原则。斯巴达克斯发出的宣言局限于允诺奴隶们获得"平等权利"。这种从事实向权利的发展过程，我们已在反叛的最初运动中作了分析，它实际上是人们在这一层次的反叛中所能发现的唯一符合逻辑的成果。反抗者拒绝受奴役，宣称自己同奴隶主是平等的，然后再轮到自己当奴隶主。

斯巴达克斯的反叛始终阐明这种要求的原则。奴隶的军队解放了奴隶，又立即把他们过去的主人供给这些奴隶奴役。根据传统，当然这也许并不可靠，起义军似乎还把好几百罗马公

---

① 《斯巴达克斯的悲剧》。——作者原注

民组织起来进行角斗，奴隶们坐在看台上观看，狂欢作乐。然而，杀人只能导致杀死更多的人。为了使一种原则得胜，必须打倒一种原则。斯巴达克斯曾幻想过的太阳城只能屹立在永恒的罗马、罗马诸神和罗马机构的废墟上。斯巴达克斯的军队确实进军罗马，要围攻这座城市。想到要抵偿自己罪行，罗马惊恐万状。然而，在这关键时刻，看到那神圣的城墙，起义军就停止前进并且后退了，就如同它在原则、机构、诸神之城面前退却一样。这座城市被摧毁了，用什么来取代它呢？除了这种寻求正义的野蛮愿望以外，除了这种受到创伤并变得恼怒的、使那些不幸者坚持至此的爱以外，还有什么呢？[①]不管怎样，起义军不战而退，并且奇怪地决定沿着他们得胜的路线走了回头路，重返西西里岛。这些不幸者好像从此就孤立无援了，在等待着他们的伟大使命面前赤手空拳，在要进行冲击的这块大地面前失去了勇气，他们回转到他们历史上最纯粹、最热烈的时刻，回到了发出第一声呐喊的土地上，在那里死亡是容易的，甜美的。

失败和殉难从此开始。在最后决战之前，斯巴达克斯让人把一个罗马公民钉在十字架上，他想告诉他的士兵们等待他们的是什么样的命运，在战斗中，斯巴达克斯以具有明显象征意

[①] 斯巴达克斯的起义实际上采用了在它之前的奴隶起义的纲领。但是这纲领归结为分田地和取消奴隶制，并没有直接触及城市的诸神。——作者原注

义的猛烈动作一再试图进攻罗马荣誉军团统帅克拉苏。他要殉难，但这是要在与此时象征着所有罗马奴隶主的那个人的格斗中死去。他愿死去，但这是在最高度的平等中死去。他没有攻下克拉苏：诸种原则在远处进行交战，克拉苏在一旁观战。斯巴达克斯如愿以偿地死去，但他死在雇佣军手下——那些同他一样的奴隶。他们扼杀了他们自己的自由和他的自由。一个罗马公民被钉在十字架上，克拉苏以处死数千奴隶来作回答。正义的反叛历经沧桑，随之而来的是六千座十字架，矗立在从卡布到罗马的公路上。这些十字架告诉奴隶们，在强权世界里不存在等同，奴隶主们成倍地计算他们自己鲜血的代价。

十字架也是基督受难的刑具。人们能设想，基督在若干年之后选择奴隶所受的惩罚仅仅是为了缩小把受凌辱的创造物与上帝的无情面容隔开的这种可怕的距离。基督为人求情，也遭受到最大的不公正待遇，为的是世界不再被分割为二，为的是使痛苦感动上天，使上天不再受到人类的诅咒。革命精神要表明天与地的分离，于是杀死神明在世上的代理人，以此作为使神明脱离肉体的开始。对此有谁会感到惊讶呢？一七九三年，反叛的时代以某种方式告终，建立在断头台之上的革命时代开始了。①

---

① 本文对基督教内部的反叛精神并无兴趣，不涉及宗教改革，也不涉及宗教改革之前的反对神学权威的多次反叛，但人们至少可说宗教改革为宗教的雅各宾主义作了准备，并且在某种意义上开始了1789年要结束的事情。——作者原注

弑 君

远在一七九三年一月二十一日之前，在十九世纪的弑君之前，一些君主已遭杀害。然而，拉伐雅克[1]、达米扬[2]，还有与他们匹敌的人要伤害国王本人，而不是原则。他们想要换一个国王，或者什么也不要。他们不能设想王位能永远空着。一七八九年位于现代社会的连接点上，因为那个时代的人在百忙中曾要推翻神权原则并使否定的力量和在近几个世纪精神领域斗争中形成的反叛力量进入历史中去。他们除了具有诛戮暴君的传统之外，还理直气壮地弑神。所谓的放任思想，即哲学家和法学家的思想，就成为这场革命[3]的杠杆。要使这样的行为成为可能并且自认有理，首先应当使教会——这是教会无比巨大的责任——通过一种在宗教裁判所时期就盛行的而且在同俗权的合谋中得以持久的行动站到统治者的一边，并且由它承担起令人痛苦的职责。当米什莱[4]在革命时代只顾看到两个大人物时，他并没有弄错：基督教和大革命。对他来说，一七八九年在宽恕和正义之间的斗争中得到解释。尽管米什莱在他所处的

---

① 弗朗索瓦·拉伐雅克（François Ravaillac，1578—1610），杀害亨利四世的凶手。
② 罗伯特-弗朗索瓦·达米扬（Robert-François Damiens，1715—1757），曾用小刀行刺过路易十五。
③ 可是，君王们也协助了这场革命，他们逐渐把政治权力增加给宗教的努力，这样就毁掉了他们合法性的原则。——作者原注
④ 儒勒·米什莱（Jules Michelet，1798—1874），法国历史学家。

103

狂乱时代中对大的实体曾发生过兴趣，但他从中看到了革命危机的深刻原因之一。

倘若说，旧制度的王朝并不总在它的政府里表现出专横——远不是那样，那么它在原则上毫无疑问是专横的。它代表着神权，也就是说它的合法性是不容违抗的。但这种合法性却常常受到非议，特别受到国会的非议。那些行使这种合法性的人把它看成并说成是一种公理。正如人们所说，路易十四在这个原则上是坚定不移的[①]，博须埃[②]在这个问题上帮了他的忙，他对国王们说："你们是神。"在某一方面，国王是主持世俗事物的神权代表，因此是主持正义的。像上帝一样，国王是受苦受难者的最后的救援者。人民在反对压迫者的斗争中，原则上是能够向国王呼吁的。"但愿国王知道，但愿沙皇知道……"这确实是处在贫困之中的法国和俄国人民的感情流露。确实，至少在法国，君主政体在了解情况时往往试图保护民众反对权贵与有产者的压迫。然而，这就是主持正义吗？不，从当代作家所持的绝对观点来看并不如此。若人们能够求助于国王，人们并不能求助于国王来反对作为原则化身的国王。如果国王愿意，当他能做到时，他会提供帮助和支援。随意性是这种恩惠的属性之一。具有神权政治形式的君主政体是一种把恩惠置于公正

---

① 查理一世在这方面坚持神权。他并不认为必须对那些否定神权的人表示公正和正直。——作者原注

② 雅克-贝尼涅·博须埃（Jacques-Bénigne Bossuet, 1627—1704），法国作家。

之上，赋予恩惠以最后发言权的政府。萨瓦耶本堂神父的信仰自由①正相反，它并没有其他与众不同之处，而只是使上帝服从于正义，并且以一种略带时代天真的庄严开创了现代历史。

事实上，从放任思想对上帝提出质疑的时刻起，它就把正义问题摆在首位。只不过在那时，正义与平等混为一谈。上帝摇摇欲坠，而正义为了在平等之中得到肯定，应当直接攻击上帝在人世间的代理人以给上帝致命打击。用自然权利与神权相对抗，并迫使神权在一七八九年到一七九二年这三年期间向自然权利作出让步和妥协，这就已经摧毁了神权。圣宠不会在最后妥协。它在某些方面可能会让步，但决不会在最后一点上让步。不过这还不够。照米什莱的说法，路易十六在狱中还想当国王。新原则统治下的法国某地，被战胜了的原则由于独一无二的存在与信念的力量而在监狱的围墙之中永久地存在着。正义同圣宠有这样一种共同之处，但也仅仅是在这一点上，即正义要成为完全的并且要实行绝对的统治。从它们发生冲突时起，它们就进行着殊死的斗争。丹东说："我们并不想对国王判刑，他并没有法学家的文雅举止，我们要处死他。"若否定上帝，就必须处死国王。似乎是圣·茹斯特②让人处死路易十六；但当他宣称"确定被告也许要被处死的那种原则，就是确定审判被告的那个社会赖以生存的原则"时，他指出是哲学家们将处死国

---

① 见卢梭：《萨瓦耶本堂神父的信仰的自由》。

② 圣·茹斯特（Louis Antoine de Saint-Just，1767—1794），法国政治人物，曾任国民公会议员，后被罗伯斯庇尔处死。

王：国王应当以社会契约论的名义去死。[1]这一点还有待于阐明。

新福音书

《社会契约论》首先是对政权的合法性的一种探索。但这是一部有关权利的著作，而不是一部就事论事的作品[2]，这本书在任何时刻都不是一部社会学观察集。这本书探索的问题涉及原则。它因此是一部提出非议的作品。它认为，被看作渊源于神权的传统合法性并不存在。它提出了另一种合法性和其他一些原则。《社会契约论》也是一种教理讲授，它的口气和所用语言具有教理式讲授的教条。由于在一七八九年英国和美国的革命已取得胜利，卢梭把在霍布斯[3]作品中所看到的契约理论推至他的逻辑极限。《社会契约论》对新宗教作了重大发展并进行了教条式的阐述，这种新宗教的神就是与自然相混淆的理性。这种新宗教在人间的代理人不是国王，而是从总体意志中观察的人民。

这本书对传统秩序的攻击十分明显，从第一章起，卢梭就致力于证明公民间的契约（它构成了人民）先于人民和国王之间的契约（它建立起王权）。到卢梭为止，上帝造成国王，国王

---

[1] 卢梭当然不会同意的。为了对这种分析划定范围，应当在本分析之首加上卢梭坚定声明的东西："世上没有任何东西值得以人类鲜血为代价去购得。"——作者原注

[2] 参见《论不平等的起源》："让我们从排除所有的事实开始吧，因为它们丝毫不涉及这问题。"——作者原注

[3] 托马斯·霍布斯（Thomas Hobbes，1588—1679），英国哲学家。

又造成了人民。自《社会契约论》问世起，人民在造成国王之前就自我造就。至于上帝，暂时不再有他的份。在政治秩序中，我们看到一种牛顿革命的等同物，政权不再渊源于专横，而是渊源于全体的赞同。换言之，它不再是其现在所是，而是其应该所是。幸亏卢梭认为现在所是同应该所是不可分开。人们是主宰，"仅因为此，人民总应该是些什么。"在这种原则面前，人们能这样说。当时人们一再引用的理性并没有得到深入的探讨。显然，随着《社会契约论》的问世，我们看到了一种修神学的诞生，因为总体意志被假定为上帝本人。卢梭说："我们之中每个人都把自身归于共有，把本人全部能量置于总体意志的最高领导之下，我们接受每个成员，把他作为整体的不可分割的部分。"

这个政治人物被人视为神明，成为至高无上的人，他具有神明的一切属性。他是不会出差错的，因为这位统治者不可能染上流弊。"在理性的法则下，没有任何东西的形成是没有起因的。"如果"绝对的自由是针对自身而言的自由"这句话是正确的话，那么人就是完全自由的。卢梭宣称他反对政治体的这种本质，即统治者给自己规定的他不会触犯的法律。这个政治人物也是不可剥夺、不可分割的，他最终甚至还要解决神学大问题。解决上帝和神明的无辜之间的矛盾。总体的意志确实具有强制力，它威力无穷。然而，总体意志对拒绝服从它的人的惩罚不是别的，而是"迫使他成为自由人"。当卢梭使统治者与其渊源脱离，因此把总体意志与众人意志区分开来时，弑神也就

107

告终了。这些都能从卢梭最初的作品中合乎逻辑地推断出来。如果人生来就是善的，如果本性在人身上同理性是一致的话[1]，人就会最好地体现理性，条件是他能自由地、自然地表达看法。因此，他不再能收回自己的决定，这决定从今以后凌驾在他之上。总体意志首先是普遍理性的表现，而普遍理性是不容置疑的。新的上帝诞生了。

这就是为什么我们在《社会契约论》中最经常地看到"绝对的""神圣的""不可侵犯的"这些字眼的原因。这样确定的政治体所制定的法律就成为神圣的指令。这种政治体只是尘世间基督教徒的神秘体的替代物而已。《社会契约论》是在对平民宗教的描写中结束的，它使卢梭变成了一个近代社会的先驱。这种社会不仅排除对抗，也排除中立。卢梭确是现代第一个发表平民宗教信仰宣言的人。他也是第一个在世俗社会里为死刑辩解的人，他还主张臣民对统治者王权的绝对服从。"正是为了不做刽子手的刀下鬼，人们同意去死，如果要成为受害者的话。"这是一种奇怪的辩解，然而它却明确指出，如果统治者下令去死，那就应当善于去死，而且如果必要，还应当违心地承认统治者有理。这种神秘主义的观念解释了圣·茹斯特从被捕到被处死始终保持沉默的原因。经适当发挥，这种观念也很好地解释了斯大林时期案件中的那些满怀热情的被告者。

在此，我们处在一种宗教问世之际，连同它的殉难者、苦

---

① 一切意识都是反对心理的。——作者原注

修者和圣人们。为了清楚地判断这部福音书所产生的影响，应当对一七八九年各种宣言受到这部福音书启迪的基调有个概括了解。富歇面对从巴士底狱挖掘出来的尸骨堆高声说："醒悟的时刻到来了……尸骨听到法国自由之声站立起来；他们向压迫和死亡的时代提出了控诉，预言着人性和民族生命的新生。"他于是预言："我们到达历史长河的中段。暴君们烂熟了。"这是欢悦和慷慨的信念时刻，即卓绝的人民在凡尔赛推翻了断头台和车轮的时刻。[1] 断头台像宗教和非正义的祭台一样。新的信仰不能容忍它们。然而，如果这种信仰成为教条，那么它树起自己的祭台并且要求无条件敬爱的时刻就来临了。那时，断头台将再次出现，尽管有祭台、自由、理性的誓言和节目，新信念的弥撒将在鲜血中进行庆祝。不管怎样，为了使一七八九年标志"神圣人类"[2] 和"人类上帝"[3] 统治的开端，首先应当处死被赶下台的统治者。杀死国王—神甫将开辟新时代，这个时代还在继续着。

处死国王

圣·茹斯特把卢梭的思想引入历史。在对国王的起诉中，他的论证的实质是要说明国王并不是不可侵犯的，他应受到国

---

[1] 1905 年俄国也具有同样的激情，圣彼得堡苏维埃举着标语示威要求取消死刑，1917 年还进行了一次。车轮——一种刑罚，把四肢折断的犯人缚在轮子上，让他慢慢死去。——作者原注

[2] 凡尔涅奥语。——作者原注

[3] 阿纳沙尔西斯·克洛兹语。——作者原注

会审判，而不是法庭审判。他的论据来自卢梭思想。法庭不能在国王和统治者之间充当法官。总体意志不能在普遍的法官面前被引证，它高于一切事物。于是这种意志的不可侵犯性和超越性被公布于众。我们知道，诉讼的重大原则正相反，它曾是国王本人的不可侵犯性。圣宠与正义之间的斗争在一七九三年表现得最露骨，超越的两种观念在一七九三年发生了殊死的对抗。另外，圣·茹斯特完全意识到了这场争斗的伟大意义："人们审判国王的那种精神也将是人们建立共和国的那种精神。"

圣·茹斯特发表的著名演说带有十足的神学研究味道。"外国的路易在我们中间。"这就是这位年轻起诉者的论点。如果一项自然契约或民约能把国王和他的百姓连在一起的话，那就会成为一种互相的约束；人民的意志将不能作为绝对法官作出绝对的判决。问题是要证明任何关系都不能把人民同国王连在一起。为了证明人民自身就包含着永恒的真理。就必须指出王权本身就包含着永恒的罪恶。圣·茹斯特就把"任何一个国王都是叛徒或篡位者"当作公理提出来。国王是人民的叛徒，他篡夺了人民的绝对主权。君主政体根本不是一位国王，"它是罪恶"。不是某种罪恶，而是整体的罪恶。圣·茹斯特这样说，也就是说它是对圣物的绝对亵渎。这就是圣·茹斯特那句被人过分夸大意义的话的准确而同时也是过激的含义[①]："谁也不能实行

---

① 或是至少人们提前提出这句话的意义。当圣·茹斯特说这句话时，他还不知道他是针对自己说的。——作者原注

统治而自己又是无辜的。"任何一个国王都是有罪的，一个人想当国王，他就应该死。当圣·茹斯特指出人民的主权是"神圣的"时，他说的正是同样的事。公民们在他们之间是不可侵犯的和神圣的，公民们只能受到法律——他们共同意志的表现——的约束。只有路易十六一人不享有这种特殊的不可侵犯性和法律的保护，因为他是社会契约之外的人。他并不是这种总体意志的一部分，因为正相反，他的存在本身表明他是这种至高无上意志的亵渎者。他不是"公民"，而公民是参与年轻的神明的唯一方式。"对于法国人来说，国王算什么？"因此他该受审，仅此而已。

但是，谁来表达这种意志并进行宣判呢？鉴于国民议会的由来，它体现着这种意志，而且它作为受神灵启迪的评议团，具有新的神明的性质。然而，还要提交人民来批准这判决吗？人们知道，国会中的保皇派所作的努力最终力争做到这一点。这样，国王的生命就能摆脱法学家—有产者们的逻辑而交托给人民的自发的热忱和同情。然而，圣·茹斯特再次把他的逻辑推向极端并利用卢梭提出的总体意志和众人意志之间的对立。当众人都表示谅解时，总体意志却不能这样做。人民本身也无法抹去暴君的罪行。从法律角度看，受害者难道不能撤销控告吗？我们不是在谈法律，而是在谈神学。国王的罪行同时是一种反对最高秩序的罪过。犯下一种罪行，然后得到原谅、受到惩罚或被人遗忘。然而，王权的罪行是永久的，它同国王本人、同国王的存在相联系。若基督本人能够原谅有罪之人的话，他

111

却不能宽恕假神。这些假神或者会销声匿迹，或者会取得胜利。如果人民今天表示谅解，那明天就会发现罪恶还是原封不动，即使罪犯安睡在地狱中也罢。因此，只有一条出路："处死国王，替被杀者报仇。"

圣·茹斯特的演讲旨在一个又一个地堵住国王的出路，除去通往断头台的路。如果《社会契约论》的前提被人们接受，那么这个结局必是不可避免的。在他之后，"所有的国王都将逃往荒漠，自然将重新恢复自身的权利"。国民公会① 尽管表示保留态度并称它并不预言是否要审判路易十六或是发布安全措施，它在它自己的原则面前推卸责任，并且试图采用令人厌恶的虚伪手段掩盖它建立一种新的专制主义的真正意图。雅克·鲁至少深知当时的实际情况，他称路易十六国王是最后一个国王，这就表明这场在经济领域已经完成的真正革命正在哲学范围内完成，并且标志着诸神末日即将来临。一七八九年，僧侣政治已经在原则上受到抨击。一七九三年，它又在自身世俗化的过程中被铲除了。布里索② 说得好："我们革命的最坚实的丰碑是哲学。"③

一月二十一日，国王—神甫被处死，被人们意味深长地称为路易十六的受难也随之结束。把公开谋杀一个软弱、善良的人

---

① 国民公会于 1792 年 9 月 21 日成立，1795 年 10 月 26 日告终，它是继立法议会后成立的革命议会，宣告了共和国的诞生。

② 雅克·皮埃尔·布里索（Jacques Pierre Brissot，1754—1793），记者、政治人物、立法议会和国民公会议员，吉隆党首领之一。

③ 僧侣挑动起的旺岱战争更证明他有道理。——作者原注

说成是我们历史上的伟大时刻，这确实是令人厌恶的丑闻。这个断头台并不是达到巅峰的标志，还差得远呢。至少，对国王的审判从其理由和后果来看都是我们近代史上的一个连接点。这审判象征着这部历史的非神圣化和基督教之神的非物质化。至此，上帝通过国王与历史交织在一起。但是上帝的历史代理人已被处死，不再有国王了。因此，只存在一个被遗弃在原则领域里的上帝形象而已。[1]

革命党人称自己信仰福音书。他们实际上给基督教以可怕的打击，使之至今还没有恢复元气。似乎确实如此，处死国王以及随之而来的一系列自杀或发疯的癫狂事件完全是在处于完成过程中的意识内部展开的。路易十六似乎曾怀疑过他自己的神权，尽管他一再否定有损于他的信念的法律草案。但是，自从他料到并得知自己的命运时起，他的言谈表明：他似乎把自己当作执行神之使命的化身，说得明白一点儿，危害他本人就是针对国王-耶稣，即神明的代理人，而不是人的被吓瘫的肉体。在他被囚于寺院[2]时，床头书是《效法基督》。这个心肠一般的人在他生命的最后时刻表现出的是温和、完美，他对外界的一切漠然处之，他在孤独的断头台上直面压住他的声音的可怕鼓声，那样远离他希望能听到他声音的百姓，这一切都使人想到，这不是身穿无袖外套的主教[3]，而是具有神权的路易即将

---

① 这就是以后康德、雅可比和费希特的上帝。——作者原注
② 囚禁路易十六的寺院，建于 12 世纪，毁于 1811 年。
③ 人们称路易十六为主持宗教礼仪、身穿无袖外套的主教。

死去。从某种意义上可以说，随他而去的是世俗的基督教民族。为了更好地表明这种神圣的联系，路易十六的忏悔牧师在他晕过去时扶住了他，并对他说他像痛苦之神。路易十六于是振作起来，重复这个神说过的话："我尝尽艰辛。"然后，他战栗着，任凭刽子手摆布。

品德的宗教

但是，这样处死旧君王的宗教现在该建立起新统治者的强权，它关闭了教堂，这使它得以试图建立寺院。诸神的鲜血溅到了路易十六这个神甫的身上，预示着新的洗礼。约瑟夫·德·梅斯特称大革命是邪恶的。人们看到为什么、并且在何种意义上，当米什莱称大革命与地狱一般的时候，他的说法更加接近真实情况。在这条隧道里，一个时代盲目地投身进来，寻找新的光明，新的福乐，寻找真正的神的面目。而这个新神是什么样的？还是去问问圣·茹斯特吧！

一七八九年并没有肯定人的神性，而是人民的神性，这是以人民的意志与自然及理性的意志相吻合为条件的。如果说，总体意志得以自由表达，它只能是理性的普遍表现而已。如果人民是自由的，那么它是不会出差错的。国王被处死了，旧专制主义的镣铐被砸碎了，人民便要说出任何时代、任何地方以及现在、过去、将来都是真理的东西。人民是降示的神，应当求神降示以得知世界永恒秩序要求的是什么。Vox Populi，Vox naturae（人民之声，自然之声）。永恒的原则支配着我们的行为：真理、正义、理性。这就是新的神。成群的少女在欢呼理性时所崇敬的上帝只是过去的神，它被剥夺了代表它的化身，突然与尘世切断了一切联系，像气球那样被送上失去一切重大原则的天空。哲学家和律师之神失去了自己的代理人和说情人，只有一种论证的价值。这个神十分虚弱，人们知道卢梭提倡宽容，但他却认为应当把无神论者判处死刑。为了长久地热爱某种公理，光有信念是不够的，还要有警察。一七九三年，新的信念还是完整无缺的，按圣·茹斯特的说法，只要依照理性进行治理就足够了。他认为，统治的艺术只产生妖魔，因为直至他为止，人们都不愿意按照本性进行统治。妖魔的时代随着暴力时代的结束而告终。"人心从本性走向强暴，从强暴走向道德。"道德只是经过几个世纪的异化后终于复得的本性而已。只要赋予人以"根据本性和良心"制定的法律，他就不再会是不幸的，不再受到腐蚀。普选是新法律的基石，必然会带来一种普遍的道德。"我们的目的是建立事物的秩序，就像建起对善的普遍爱好那样。"

理性的宗教十分自然地建起了法律共和国。总体意志由其代表人物通过法律条款表达出来。"人民进行革命，立法者创立共和国。""不朽的、铁面无私的、不受任何人的大胆妄为所支配的"制度，将得到普遍的赞同，并且在没有任何矛盾的情况下统管众人的生活。既然所有的人都服从法律，因此只服从他们自己。圣·茹斯特说："超出法律，一切都是枯萎和死亡。"这是罗马的形式和立法的共和国。人们知道，圣·茹斯特和他同

115

代人酷爱古罗马。这位怀古的青年在兰斯被关在挂着带着白色泪珠饰物的黑色帷幔的房间里久久地想象着斯巴达克斯式的共和国。《奥尔冈》这首冗长而放肆的诗歌的作者深感简朴和品德的必需性。圣·茹斯特在他的法则中规定儿童十六岁之前不准吃肉食,他想象着一个素食和革命的民族。他惊呼:"自古罗马以来,世界变得空空荡荡。"但是,英雄辈出的时代已经开始,加图[①]、布鲁图斯[②]、斯卡埃伏拉[③]又成为可能出现的人物。拉丁文的道德学家的雄辩术又开始兴起。"邪恶、品德、堕落",这些词经常出现在当时的辩论中,尤其是出现在圣·茹斯特的演说中,这使他的演说显得累赘。理由很简单,孟德斯鸠早就发现这种美妙的结构,它不能不要品德。法国革命要把历史建立在绝对纯洁的原则上,它在开创了现代社会的同时,也开创了形式道德的新纪元。

品德究竟是什么?当时的资产阶级哲学家认为,这就是顺乎本性[④],在政治上就是符合表达总体意志的法律。圣·茹斯特说:"道德比暴君更强大。"道德确实刚刚处死了路易十六。一

[①] 加图(Cato the Elder,公元前234—149),古罗马人,曾竭力阻止罗马的奢侈风尚。

[②] 布鲁图斯(Marcus Junius Brutus,公元前85—42),古罗马政治人物,加图的侄子,参与谋杀恺撒的阴谋。

[③] 斯卡埃伏拉(Scaevola),公元前6世纪人,传说他在罗马被困时曾潜入敌营,企图杀死伊特鲁利亚国王。

[④] 但是本性本身就像人们在贝纳当·德·皮埃尔的作品所看见的那样,也是符合某种先定的品德。本性也是一种抽象原则。——作者原注

切不服从法律的行为并不是由于法律不完备——这是不可能的——而是因为不顺从的公民缺乏品德。因此，共和国不仅是参议院，正如圣·茹斯特所强调的，它还是品德。每种道德的堕落同时也是政治的堕落，反之亦然。于是，一种产生于这种学说本身的无限镇压原则就建立起来。圣·茹斯特要建立起普遍纯朴情感的愿望无疑是真诚的。他确实幻想一种苦修式的、人类相互和解并且专心于从事原始无邪的纯净活动的共和国，这种共和国受到他事先用三色飘带和羽饰装点的那些智慧长者的监护。人们还知道，从大革命开始起，圣·茹斯特与罗伯斯庇尔同时公开宣称反对死刑。他仅仅提出让谋杀犯终身着黑服。他要建立一种正义，这种正义并不设法"感到被告是有罪的，而是感到被告是虚弱的"。这真是妙极了。他也幻想建立一个宽恕的共和国，它承认如果罪恶之树是坚硬的，它的根却是娇嫩的。至少，他的这一呼声是发自内心的并且让人久久不能忘怀："折磨百姓是可怖的事情。"是的，这是可怖的。良心能感知这一点，但又服从于一些最终是折磨百姓的原则。

当道德是形式时，它吞噬着人。若发挥圣·茹斯特的观点，可以说没有人无辜地拥有品德。从法律不再实行和谐统治时起，从原则本来应当创造的统一瓦解之时起，谁是有罪的呢？是乱党。那谁是捣乱分子呢？是那些通过自身否定必要统一的人。捣乱分裂着统治者，因此是亵渎神明的，是有罪的。应当把它打倒，仅仅把它打倒。可是是否有许多捣乱的呢？所有的捣乱都统统打倒，毫不留情。圣·茹斯特疾呼："或要品德，或要恐

117

怖。"应当使自由变得冷酷。于是，国民公会制定的宪法草案上规定了死刑。绝对的品德是办不到的，宽恕的共和国以一种无情的逻辑引来了断头台的共和国。孟德斯鸠早已揭示过这种逻辑，指出它是社会堕落的原因之一，并指出当法律不预先作规定时，滥用权力的现象会更严重。圣·茹斯特的纯正法律并不曾考虑到这个同历史本身一样古老的真理，即在本质上，法律注定是要被人触犯的。

恐怖时期

圣·茹斯特这位萨德的同代人尽管出于不同的原则，却最终为罪恶进行辩解。当然，圣·茹斯特是反萨德的。如果萨德侯爵的话可以这样表达："打开牢门，或是证明你们的品德。"那么这位国民公会议员的话则是："证明你们的品德，或者进监狱。"这两个人都为放任者的个人恐怖主义和颂扬品德的神甫的国家恐怖主义辩护。绝对的好或坏按适当的逻辑都要求同样一种狂劲。当然，在圣·茹斯特身上存在着含糊不清的地方。一七九二年他写给维兰·多皮尼的信就包含某种失去理性的东西。一位迫害人的被迫害者的这种信仰自由最后神经质地供认："如果布鲁图斯不杀害他人，他就将自杀。"这样一位固执而严肃、秉性冷峻、富有逻辑、沉着镇定的人使人感到他的精神极不平衡，极其混乱。圣·茹斯特发明了一种严肃的方式，把近两个世纪的历史变成了一部如此令人厌倦的恐怖小说。他说："在政府首脑位置上开玩笑的人会走向暴政。"令人吃惊的格言，特别是如果人们想到对暴政的普通指控所付出的代价，想到是谁在为学究式的恺撒们的时代做准备。圣·茹斯特作出了榜样，他的语气本身是不容申辩的。一系列断然的肯定，公理式的、警句式的文笔把他的形象描绘得比任何最逼真的肖像画更出色。警句铮铮，就好像是民族智慧的化身。构成了科学的定理接踵而至，就像发出冷峻而明确的指令。"原则应是温和的，法律应是无情的，刑律应是不可追回的。"这是断头台式的风格。

逻辑上如此的严峻却包含着一种深沉的激情。我们处处可重遇对统一的酷爱。一切反叛都意味着某种统一。一七八九年的反叛要求祖国的统一。圣·茹斯特渴望着理想的国家，在那里风尚终于符合法律，它将使人的纯洁以及人的本性、理性的同一得以发扬光大。如果各种捣乱一旦阻止了这种理想的实现，激情就会大大地发挥自身的逻辑。那时人们就不能设想原则可能是错的，因为捣乱依然存在。捣乱将属于犯罪行为，因为原则依然是不可触犯的。"所有的人回归道德、贵族回归恐怖的时代已经来临。"然而，贵族的捣乱并不是孤立的，还应当算上共和派的人，还有所有批评立法议会和国民公会行动的人。后两种人也同样是犯罪分子，因为他们威胁着统一。圣·茹斯特就宣布了二十世纪暴政的伟大原则。"爱国者是从整体上支持共和国的人；任何在细节上反对共和国的人都是叛徒。"批评者是叛徒，谁不坚定支持共和国谁就是可疑分子。当理性及个人的言论自由无法有步骤地建立起统一时，就应当下决心铲除异己分子。砍刀代替了辩论，它的用途是反驳。"被判处死刑的骗子说

119

他要反抗压迫，因为他要反抗断头台！"圣·茹斯特的这种愤怒让人难以理解，既然直到他为止，断头台确实只是压迫的最明显的象征物之一。但在这种逻辑的狂热之中，在这种品德的终极，断头台就是自由。断头台保证了理性的统一，国家的和谐。它使共和国变得纯洁。这种说法十分恰当，它铲除了违背总体意志和普遍理性的不合适之处。马拉以另一种调门说："人们对我是慈善家提出非议。啊！这是多么不公正！谁不曾看到我砍下少数人的脑袋是为了拯救大多数？"少数人，是指捣乱分子？当然，而且一切历史性行动都要付出这种代价。但是马拉作出最后计算，他索取了二十七万三千人的头颅。但是，当他面对大屠杀高呼："用烙铁给他们打上印记，砍下他们的大拇指，割下他们的舌头"时，他使这种行动的拯救性大为失色。这位慈善家用最单调的语言夜以继日地论述着杀人为创造的必要性。九月的夜晚，他在地下室的烛光下继续写着，刽子手这时在监狱的大院里安置好了观众席，男人坐在右边，女人坐在左边，都在向他们作处死贵族的示范，并把它当作一种慈善的优美行动。

正如米什莱所说，别把圣·茹斯特这位伟大人物与马拉——卢梭的模仿者相混，一秒钟也不要相混。但是，圣·茹斯特的悲剧鉴于更高层次的原因，也由于一种更深刻的要求，有时与马拉的悲剧产生共鸣。捣乱添上捣乱，少数加少数，最终他并不确信断头台是为所有人的意志效力。圣·茹斯特至少在后来，并且至今坚持认为断头台是为总体意志服务的，因为它为品德服务。"像我们这样的革命并不是一场诉讼,而是对坏人的雷劈。善行转化为雷劈,纯洁变成闪电,伸张正义的闪电。即使是些寻欢作乐的人,而且尤其是他们都成为反革命分子。"圣·茹斯特曾说过,幸福的欧洲是个新概念(说实话,这个概念尤其对圣·茹斯特是新的,他把历史截止到布鲁图斯为止),他发现有些人的"幸福的概念是可怕的,他们把幸福与作乐混为一谈"。也必须对这些人进行制裁。总而言之,问题不在于多数、少数。普遍纯洁的令人渴望的失去的天堂已经远去。不幸的人世间响彻着内战、民族战争的呐喊,圣·茹斯特发出了反对他本人和他的原则的命令,祖国受到威胁,所有的人都是有罪的。一系列关于外国捣乱的报告,牧月^①二十二日的命令,一七九四年四月十五日关于治安的演讲,都标志着这种转变发展的各个阶段。那位如此高傲地把在奴隶和奴隶主仍然存在的情况下就放下武器看作为可耻行为的人,正是不得不同意暂缓实施一七九三年宪法并且实行专断的人。在他为罗伯斯庇尔辩护的演说中,他弃绝名望和求生,只引证抽象的神性。同时,他又承认被他看作自己宗教的那种品德除了历史与现实之外别无报答,这种品德应当不惜代价地建立自己的统治。他不喜欢"残忍和凶恶的"政权,认为这种政权"没有法则,导致压迫"。而法则就是品德,它来自人民。人民若是衰弱,法则就会变得模糊不清,压迫就会增强。于是人民就是有罪,而不是政权有

---

① 牧月为法兰西共和历 9 月,相当于公历 5 月 20 日—6 月 18 日。

罪，政权的原则是无辜的。如此极端、血腥的矛盾只有通过一种更极端的逻辑和在沉默及死亡中最终接受原则才能得到解决。至少，圣·茹斯特仍是如此要求，他终于应该在此体现出他的伟大在于他满怀激情谈论的世纪与天地中获得的这种独立的生命。

很久以来，他就预感到他的要求意味着他要作出完全的无保留的献身，他说在世界上进行革命的人，"那些做善事的人"只有在坟墓里才能安睡。因为他确信，为了取胜，他的原则必须高于品德和人民的幸福。他也许看到了他的要求是不可能实现的，他事先就给自己断了后路，公开宣称在他对人民感到失望时就去自杀。他绝望了，因为他对恐怖本身产生怀疑。"革命失去活力，所有的原则都被削弱；只剩下阴谋戴的红帽子。恐怖行动使罪恶变得麻木，就像烈性药酒使宫廷麻醉一样。"在无政府年代，品德本身"与罪恶结合在一起"。他曾说过一切罪恶来自暴政：它是万恶之首。面对罪恶的顽固性，大革命也趋向暴政并变成罪恶的。因此人们不能减轻罪恶、捣乱和可怕的作乐思想，而是应该对这些人失望并要控制他们。但是，人们也不可能无辜地实行统治。因此，应当容忍恶或是为它效力，承认原则错了或是承认人民和所有的人都有罪。于是圣·茹斯特把神秘而英俊的面貌转了过去："离开人世，这是微不足道的事，在人生中，应该或者是罪恶的同谋，或者是沉默的见证。"布鲁图斯若不杀他人，他就应该自杀，他就从杀人开始。但是他人太多，不可能把他们都杀死。这样，就应当去死并且再次证明，当反叛过分时，就会从铲除他人转向消灭自身。至少，这个使命是容易的，只要再一次追随逻辑直至最终就可以了。圣·茹斯特在死前不久为罗伯斯庇尔的辩护词中再次肯定他的行为的重大原则，这种原则正是不久以后对他进行惩处的同一原则："我不属于任何捣乱派别，我将反对一切捣乱。"他已事先承认了总体意志的决定，即国会的意志。出于对原则的爱和反对一切现实，他接受死亡的判决，因为国会的决定只能被通过捣乱的雄辩和狂热才能取消。可是，怎么！当原则无能为力时，人们只有一种方式来拯救它，拯救自己的信念，那就是为原则而死。七月的巴黎天气闷热，圣·茹斯特断然拒绝现实和世界，他承认他把自己的生命交给原则的决定。他在这样说的同时似乎察觉到了另一种真理，这种真理以温和地指责比洛-瓦雷纳[1]和卡洛·戴尔布瓦[2]而告终。"我愿他们证明自己是无罪的，我愿我们变得更理智。"在此，原有的风格和断头台暂时中断了。但是品德并不是智慧，因为它过于傲气。铡刀不久将落在这颗像道德一样美好的冷静的脑袋上。从国会判决他死刑直至他把脖颈伸在铡刀下，圣·茹斯特一直保持沉默。这长时间的沉默比死亡还要重要。他曾经抱怨过王位周围的平静。正因如此，他发表了大量的动人演说。可是，他蔑视暴政，蔑视不符

---

[1] 比洛-瓦雷纳（Billaud-Varenne，1756—1819），法国国民公会议员，曾参与9月屠杀。最初支持罗伯斯庇尔，转而反对他，后被作为恐怖分子流放。

[2] 卡洛·戴尔布瓦（Collot d'Herbois，1705—1796），法国国民公会议员。

合纯粹理性的人民之谜，他最终自己也转向沉默。他的原则与现实并不相符合，事情不是成为它应当的那样。原则就是独一无二的、静静的、不变的。醉心于原则，事实上就是死亡，是为一种不可能实现的爱，即爱的反面去死。圣·茹斯特死去了，一种新宗教的希望随他一同消失了。

"一切砖石都是用来建造自由大厦的，"圣·茹斯特说，"你们能用同样的砖石为自己筑起寺院或是坟墓。"《社会契约论》的原则本身在主持坟墓的兴建，而拿破仑·波拿巴给坟墓封了顶。卢梭的后来人只字不差地照着去办，他们试图建立起人的神性。在旧制度下，红旗象征戒严，即属于行使效力。一七九二年八月十日，红旗变成了革命的象征。饶勒斯对这种意味深长的变化作了这样的评论："我们人民就是权利……我们并不是反叛者。反叛者是丢勒里宫中的那些人。"但是，并不是那么容易就变为神。从前的诸神并不是一下子就死去的，十九世纪的革命将彻底地铲除神的原则。巴黎发生了起义，把国王又召回来置于人民的法律之下，并且阻止他恢复起原则的权威。一八三〇年的暴乱把这具僵尸搬回丢勒里宫并将他扶上宝座，给了他微不足道的荣誉，它没有其他意义。在那个时代，国王还能作为一个受尊敬的事物代理人，但对他的委任来自于民族，他的法规是宪章①。他不再是国王陛下。旧制度于是最终在法国消失了，而新制度还要等到一八四八年之后才确立下来。十九世纪至

———————

① 指 1814 年宪章。

一九一四年的历史是一部恢复人民主权、反对旧制度君主政权的历史，一部民族原则的历史。一九一九年，这个原则取得了胜利，在这一年里，欧洲旧制度的所有专制主义都消失了。[①]民族主权在法律与理性上处处替代了至高无上的国王。只有在此时，一七八九年的原则的影响才显示出来。我们这些在世的人首先能对此作出清楚的判断。

雅各宾派使这些永存的道德原则变得更加强硬，他们甚至铲除了至此为止一直支持这些原则的人。他们是福音的鼓吹者，他们想在罗马人抽象的权利基础上建立起博爱。他们用他们认为应得到所有人公认的法律来替代神的旨意，因为这种法律是总体意志的体现。法律在自然品德里得到了证实，反过来它又证实了自然的品德。但是，从出现捣乱的时刻起，说理就毫无用处了。人们发现，品德需要得以证实才不至于变得抽象。十九世纪资产阶级法学家们用他们的原则一下子把人民的正义和活生生的胜利果实压得粉碎，他们为两种同时代的虚无主义作了准备：个人虚无主义与国家虚无主义。

确实，只要法律是普遍理性的法律[②]，那它就能进行统治。但是，如若人天性不善，那法律就永远不能进行统治，为法律的辩解也是白费心血。意识与心理相冲突的日子来临了。于是

---

① 除了西班牙王朝。但是德意志帝国垮台了。威廉二世说他是"一种标志，表明我们这些霍亨索伦家族的人从上天得到王冠，我们只有向上天交账"。——作者原注
② 黑格尔曾清楚地看到启蒙时代的哲学要把人从非理性中解放出来，理性把人聚合，而非理性把人分裂。——作者原注

不再有合法的权力。法律就发生演变直至同立法者和一种新的任凭意愿行事的现象混为一谈。它转向何方？法律迷失了方向，失去了部分准确性，它变得越来越不精确，直到把一切都变成罪恶。法律始终统治着，但它不再有固定的界限。圣·茹斯特早以人民的名义预料到这种专断。"巧妙的罪犯会以一种宗教形式出现，骗子将登上神圣的诺亚方舟。"然而，这是不可避免的。若重大原则没有确立，若法律只是表达了一种临时性的条文，那么法律就会被人绕开或被用来强加给人。萨德或专政，个人恐怖主义或国家恐怖主义，两者都无需证实而得以证实，自反叛成为无源之水、并失去一切具体的道德时起，这就是二十世纪的交替手段之一。

然而，一七八九年发生的起义行动并不就此告终。对雅各宾派来说，上帝并没有完全死亡，对浪漫派来说也是如此。他们都保存着上帝。理性，在某种意义上是调停者。它意味着一种先存在的秩序。但是上帝至少被剥去了物质外壳，而化为一种道德原则的理论存在。资产阶级在整个十九世纪只有引证这些抽象原则才维持统治。只不过资产阶级不如圣·茹斯特那样与之相称，它把这种引证当作托词，而利用一切机会推行相反的价值。资产阶级由于它本质的堕落和它令人丧气的虚伪，使那些它引以为据的原则最终威信扫地。在这方面，它犯有弥天大罪。从永恒的原则和形式品德同时受到怀疑时起，从一切价值失去信用时起，理性开始行动，它参照的只是自己的业绩。理性欲进行统治，它否定过去的一切，肯定未来的一切。它将成为征服者。俄国的共产主义通过对一切形式的品德进行激烈批评并且否定一切更高级的原则而结束了十九世纪的反叛事业。二十世纪的弑神取代了十九世纪的弑君。这种弑君把反叛的逻辑推到了尽头并要把人间变成为神的王国。历史的统治开始了，人同他的唯一的历史化为一体，人不忠实于自己的真正的反叛，从此以后专心于二十世纪的虚无主义的革命，这些革命否定一切道德，拼命地通过无数的罪恶和战争寻求人类的统一。雅各宾的革命曾试图建起品德的宗教，以实现统一的目的，继之而来的是厚颜无耻的革命。不管是右派还是左派，都企图一统天下，以最终建立起人的宗教。曾属于上帝的一切从今以后将归还恺撒。

反叛和艺术

　　艺术也是这样一种同时进行赞扬和否定的运动。尼采说："任何艺术家都不甘于现实。"的确如此。但是，也没有一个艺术家能避开现实。创造就是对统一的要求和对世界的否定。但是，创造之所以否定世界，是因为它缺少东西所致，有时是以世界所是的东西的名义否定世界。反叛在此任凭人们在历史之外的纯粹状态下，在它最初的复杂性中观察自身。艺术将为我们展现有关反叛内容的景象。

　　然而，人们观察到反叛是与一切革命的改良者指出的艺术相对的。柏拉图还较温和。他只是对语言的欺骗作用提出疑问，而且他从他的理想国中驱逐的只是诗人。至于其他，他把美置于世界之上。但是现时代的革命运动与对尚未完成的艺术提出的诉讼相巧合了。宗教改革赞同道德并且排斥美。卢梭揭露在艺术中社会给自然带来的腐蚀。圣·茹斯特愤怒斥责戏剧，并且在为《理性的节日》所定的精彩节目单中要使理性被一个德行超乎美貌的人人格化。法国大革命没有诞生一个艺术家，而只产生了一位伟大的记者戴姆林和一个秘密作家萨德。这个时代唯一的诗人上了断头台，唯一伟大的散文家流亡伦敦并且为基督教及其合法性辩护。不久以后，圣西门主义者们要求一种"对社会有用"的艺术。"艺术为社会进步"是风行了整整一个世纪的陈词滥调，而雨果后来又重新提出，却没能够使人信服。只是瓦莱斯[①]（以一种念咒的声调）诅咒艺术，这声调使人们得以辨认出他来。

这同样也是俄国虚无主义者的声调。皮萨列夫宣告了美学价值的衰亡和实用价值的兴起。"我宁愿成为一个俄国鞋匠，而不愿成为俄国的拉斐尔。"一双靴子对他来讲要比莎士比亚更有用。虚无主义者涅克拉索夫是伟大的伤感诗人，然而，他肯定地说，他宁愿要一块奶酪而不要普希金的所有作品。我们终于得知，托尔斯泰宣称"把艺术逐出教门"。这些维纳斯和阿波罗的大理石雕像仍闪烁着意大利的阳光，是彼得大帝让人搬到他的圣彼得堡的夏宫里的，而革命的俄国对这些雕像不予理睬。贫穷有时从幸福的种种痛苦的形象中扭转身去。

德意志意识形态的批判并不稍稍温和些。按照现象学的革命的解释者的说法，在调和社会中是没有艺术的。美将被经历而不再被想象。完全理性的现实独自平息一切渴望。对形式的意识和逃避的价值的批评自然地延伸到艺术中。艺术不是属于所有时代的，相反，它被它的时代所规定，马克思后来说，它表达统治阶级的特殊价值。因此，只有一种革命的艺术，它正是为革命服务的艺术。此外，艺术在历史之外创造美，阻碍着

---

① 儒勒·瓦莱斯（Jules Vallès，1832—1885），法国作家、记者。

唯一的理性的努力：把历史本身改造成为绝对的美。俄国鞋匠从他意识到自己的革命作用时起就成为最终的美的真正的创造者。而拉斐尔，他只创造了一种过渡的美，这种美是不为新人所理解的。

马克思确实自问过，希腊的美何以今天在我们看来还是美的。他回答说，这种美表述着一个世界的天真的童年，而我们处在成人的斗争之中，怀念这种童年。但是，至于意大利文艺复兴时期的杰作、伦勃朗、中国的艺术，我们又何以认为它们是美的呢！这无关紧要！对艺术的诉讼最终还是开始了，今天还继续着，而且，专门对自己的艺术和自己的聪慧进行污蔑的艺术家和知识分子为难地参加到这场诉讼中去。的确，我们会看到在莎士比亚与鞋匠之间的这场斗争中，咒骂莎士比亚和美的并不是鞋匠，相反，是那个继续读莎士比亚并且不会去做靴子、也永远不会做靴子的人。我们时代的艺术家与十九世纪俄国忏悔的贵族们相似，他们的内疚原谅了他们。但是，一个艺术家能够在他的艺术面前感受到的最后一件事就是忏悔。欲将美推到时代之末，而在等待之时，剥夺所有的人，连同鞋匠的那块人们自己利用过的添加的面包，这就是超越简单和必要的谦卑。

然而，这种苦行狂有其道理，这些道理至少与我们有关。它们在美学范围内表达了革命和反叛的已被描述过的斗争。在一切反叛中都可发现对于统一的形而上学的要求，发现把握的不可能性和制造一个替代世界。从这个观点看，反叛就是世界的制造者。这也就确定了艺术。真正说来，反叛的要求部分地成为美学的要求。我们已经看到一切反叛的思想都是在修辞学和关闭的领域中得到阐明的。卢克莱修的修辞城堡，萨德笔下关闭着的修道院和城堡，尼采笔下浪漫的岛屿、岩石和孤独的顶峰，洛特雷阿蒙的原始的大洋，兰波的护墙，超现实主义者笔下受风雨拍打的令人胆战心惊的新生的城堡，监狱，受堡垒掩护的民族，集中营，自由奴隶的帝国，这一切都以各自的方式说明对于和谐与统一的同样的需要。人终于能够统治和认识这些关闭的世界。

这种运动也是一切艺术的运动。艺术家为自己重造世界。自然的交响乐并不懂得延长号。世界从来就不是安静的，它的沉默本身按照我们听不到的振动永恒地重复着同样的音符。至于那些我们感知的振动，它们提供给我们声响，很少有和谐音调，永远成不了抒情乐曲。然而，音乐存在于交响乐结束的地方，存在于抒情曲赋予声音以形式的地方，而声音在其自身并无形式可言，存在于一种音符的特殊排列最终从自然的混乱中为精神和心灵获取一种令人满意的统一的地方。

梵高说："我越来越相信，不应该立足于现今的这个世界来判断上帝。这是一种对他的不适时的研究。"每个艺术家都试图重新进行这个研究并且赋予他所欠缺的风格。一切艺术中最伟大的最雄心勃勃的是雕塑，它致力于从三个维度确定人的变幻的容貌，把动作的混乱引向伟大风格下的统一。雕塑并不否认相似，相反，雕塑需要相似，但它并不首先去寻找它。在其伟大时代中，它寻找的是动作、表情或空洞的目光，这种目光将概括世上一切动作和目光。它的目的不是模仿，而是通过一种有意义的表情将身体暂时的愤怒或各种姿态的无穷变幻勾勒下来，并且把它们固定起来。只有在那时，它在喧闹城市的城门的三角楣上树立起模式、样板、静止的完美，以在短暂时间中平息人们无休止的狂热。失恋者终于将能够围绕希腊少女雕像瞻望，以在少女塑像的身体和面容中捕捉到在失恋后尚存在的东西。

绘画的原则也在选择中。德拉克洛瓦写道："对自己的艺术进行思考的天才本身只不过是一种普及和选择的禀赋。"画家把他的主题孤立起来，这是统一它的首要方法。景物从记忆中逝去、消失或者一个消除另一个。这就是为什么风景画家或静物画家把通常随光线转动、消逝在一种无限的视野中或者在其他价值冲击下消失的那些东西孤立在空间和时间中的缘故。风景画家的第一个行动就是框好他的画布，他消除的东西与他选定的东西同样多。同样，主题画家把通常消失在另一个行动中的行动孤立在时间中和空间中。画家于是进行固定。伟大的创造者就像皮埃罗·戴拉·弗朗塞斯卡 [①] 那样，是这样一些人，他们使人感到固定刚刚完成，放映机突然停下。他们笔下的人物通过艺术的奇迹使人感到他们仍然栩栩如生，而且永远不会消亡。

———————————————

[①] 皮埃罗·戴拉·弗朗塞斯卡（Piero della Francesca，约 1410—1492），意大利画家。

皮埃罗·戴拉·弗朗塞斯卡死后很久，伦勃朗似哲学家那样在同一个问题上，对阴影与光线之间的关系久久地思考着。

"绘画通过不讨我们喜欢的事物之间的相像来取悦我们，这是徒劳的努力。"德拉克洛瓦引用帕斯卡尔的话。他把"奇怪"换成"徒劳"是有理的。那些东西不能讨我们喜欢，因为我们看不见它们。它们被不断的变化淹没、否定。谁在受鞭打中注视刽子手的双手，注视耶稣受难图上的橄榄树？但是，这些都表现出来了，为耶稣受难的不断的运动增添了色彩，受难的耶稣被禁锢在这些残暴的美的图像中，每天在博物馆冰凉的大厅中呼喊着。画家的风格存在于自然和历史的结合中，存在于变幻着的东西的显现中。艺术似乎不费力地实现着黑格尔所梦想的个别与普遍的和谐。也许这就是拼命追求统一的时代——犹如我们的时代那样——转向原始艺术的原因？在这种艺术中，线条的勾勒最强烈，统一更具有挑逗性。最强烈的线条的勾勒总是出现在艺术时代的开始和末尾；这就解释了否定与移植的力量，这种力量带着一股鲁莽的冲劲把整个现代绘画推向存在和统一。梵高令人赞叹的怨言就是所有艺术家高傲而绝望的呼声。"在生活中，在绘画中也一样，我完全能够没有上帝。但是，痛苦的我，我不能够没有某种比我更伟大的东西，它是我的生命，即创造之伟大。"

但是，艺术家对于现实的反叛，这种反叛对于总体革命来说变得很可疑，它包含着与被压迫者的自发反叛同样的肯定。从总体否定中诞生的革命精神本能地感觉到，在艺术中除了否定以外，也还有一种赞同，沉思有可能使行动、美和非正义平衡，而且在某些情况下，美在自身中就是一种不可救助的非正义。因此，没有任何艺术能够在完全的否定之上生存。同样，任何思想，首先是无意义的思想，意味着没有无意义的艺术。人能够准许自己揭露世界的全部非正义并且要求一种他将独自创造的总体的正义。但是，人不能肯定世界的全部丑恶。为了创造美，他应该同时否认现实又赞扬现实的某些方面。艺术反对现实，但并不脱离现实。尼采能够拒绝任何道德的和神明的超越，认为这种超越导致对现今世界与生活的污蔑。但是，也可能有一种活生生的超越，这种超越的美作出了许诺，并且能使人产生爱，使人更喜欢这个有限的尘世而不是其他东西。在艺术试图把自己的形式赋予一种在永久的变化中消逝的价值、而艺术家压榨这种价值并要把它从历史中夺取过来的情况下，艺术便将我们带领到反叛的起源。当人们思考到艺术时就会更信服这一点，因为艺术恰恰主张进入变化之中以赋予它那种它所欠缺的风格：小说。

小说与反叛

把大体上同古代和古典时代相吻合的认同文学同随着现代社会而出现的异端文学区分开来是可能做到的。人们将会发现前者的小说数量稀少。就是有——除了少数例外——也不是有关历史的，而是一些幻想出来的东西（《埃塞俄比亚传奇》，或《拉斯特雷》）。这是些故事，不是小说。后者则相反，小说这种形式真正地发展起来，并且直至今日都在充实和扩展。与此同时，批判和革命运动也发展起来了。小说与反叛精神同时诞生，它在美学范围内表现出同样的雄心。里特雷[①]说小说是"用散文写的虚构的故事"。难道不是这样吗？然而，一位宗教批判家说："艺术，不论它的目的是什么，总是制造一种同上帝进行的有罪的竞争。"的确，说小说是同上帝的竞争比说小说是同自身身份的竞争更加正确。蒂博[②]谈到巴尔扎克时也表达了类似的想法："《人间喜剧》就是天主的《效法基督》。"伟大文学的努力似乎要创造封闭的领域或完善的人物。西方人在其伟大的创造中并不限于描述自己的日常生活。他不断地给自己树立起使他兴奋的伟大形象并且奋力追求它们。

归根结底，写或读一部小说不是寻常的行为。通过对真实事件的重新编排虚构出一个故事，没有任何不可避免的因素，也没有任何必然因素。如果凭借着创作者和读者的意愿而作出的平庸解释是真实的话，那应该自问一下，大多数人出于什么样的必然性恰恰喜欢并关注虚构的故事。革命的批评谴责纯小说是无所事事的想象的逃避。一般人却把蹩脚记者所编的骗人故事称作小说。尚有一丝光明，似乎习惯上人们愿意年轻姑娘们具有"小说气质"。这意思是这些理想中的人物不考虑存在的现实。从普遍观点看，人们总认为故事是与生活相分离的，

---

① 埃米尔·里特雷（Émile Littré，1801—1881），法国修辞学家。
② 蒂博，法国小说家马丁·杜伽尔作品中的主人公。

它美化了生活，同时又背叛了生活。最简单、最普遍的看待小说的方式便是把小说看成是逃避的手段。人们共有的观念与革命的批评汇合起来了。

但是，人们凭借小说逃避什么呢？是逃避一种被认为是过于压抑的现实吗？幸运的人同样也读小说，而且极度痛苦往往会使人丧失阅读的兴趣。另外，小说的世界肯定没有另一世界重要，也没有它那么大的影响，在另一世界中，肉体的人不停地创建着我们的位置。然而，阿道夫[1]凭什么奥秘使我们觉得他比邦雅曼·贡斯当[2]更加熟悉，而莫斯卡伯爵[3]比我们的道德说教家更为熟悉呢？有一天，巴尔扎克在一次关于政治和世界命运的长谈结束时说："现在让我们回到严肃的事情上去吧。"他要开始谈他的小说了。小说世界的不容争辩的严肃性，我们执意要认真对待小说天才两个世纪以来向我们提供的无数神话，这一切单凭对逃避的兴趣是不足以解释的。当然，小说活动意味着对现实的一种否定。但是这种否定并不是一种简单的逃避。人们是否应在其中看到高尚灵魂的后退运动，在黑格尔看来这种灵魂在其失望中为自己创建一个在其中只有道德统治着的假想的世界。然而，建设性的小说与伟大文学相去甚远；爱情小说的佼佼者《保尔和维吉妮》[4]是纯伤感小说，不能为读者提供

---

① 邦雅曼·贡斯当的小说《日记》中的人物。

② 邦雅曼·贡斯当（Benjamin Constant，1767—1830），法国政治家、作家。

③ 莫斯卡，司汤达小说《巴马修道院》中的人物。

④ 法国感伤主义作家贝纳丹·德·圣比埃（Bernardin de Saint-Pierre，1737—1814）的小说代表作。

任何慰藉。

矛盾就在此，人拒绝现实世界，但又不愿意脱离它。事实上，人们依恋这个世界，他们中的绝大多数都不愿意离开这个世界。他们远非要忘记这个世界，相反，他们为不能足够地拥有这个世界而痛苦。这些奇怪的世界公民，他们流亡在自己的祖国。除了在瞬间即逝的圆满时刻中，整个现实对他们来说都是不完善的。他们的行为躲开他们而进入其他行为中，回过来以意外的面孔来审视他们，并且像坦塔罗斯[①]的水一样向着尚不为人知的河口流去。察看河口，控制河流，最后把生活作为命运来把握，这就是他们对他们祖国最深切的真实的怀念。但是，这种看法，至少在认识方面最终把他们同自己调和起来，只能在死亡的短暂时刻才出现，如果它会出现的话。一切都在此告终。为了在世界上存在一次，就必须永远不再存在。

那么多的人对其他人的生命的羡慕就由此产生。由于发现了这些外部的存在，人们便赋予它们一种它们实际上不可能有的、而对旁观者来说显而易见的和谐和统一。旁观者只看到这些生命的脊线，而没有意识到损害着它们的细部。我们于是在这些存在之上从事艺术。我们按照初级方式把这些存在写成小说。在这个意义上，每个人都努力把自己的生命变成艺术作品。

---

① 坦塔罗斯，希腊神话中的吕狄亚王，因把儿子剁成碎块给神吃，触怒了宙斯，被罚站在水中，水深至下巴。当他口渴时想喝水，水就退去，饥饿时想吃果子，树枝就升高。

我们希望爱情永存，但我们知道爱情并不永存；如果爱情奇迹般地永存于整个一生，那它也是不完善的。也许，我们在这难以满足的对持续的需要中可以更好地理解人世的痛苦，如果我们知道这种痛苦是永恒的话。有时，伟大的灵魂似乎由于不能长存而惊恐，这比痛苦引起的惊恐更有过之而无不及。由于缺少永不厌倦的幸福，一种长期的痛苦至少会造成一种命运。不，我们所受的最残酷的折磨总有一天将结束。一天早晨，在经历了如此多的绝望之后，一种不可压抑的求生的渴望将宣告一切已结束，痛苦并不比幸福具有更多的意义。

占有欲只是要求持续的另外一种形式。正是它造成爱情的无力的狂热。任何人，哪怕是最被爱着的人和最爱我们的人，也不能永远占有我们。在这严酷的大地上，情人们有时各死一方，生又总是分开的，在生命的全部时间里完全地占有一个人和绝对地沟通的要求是不可能实现的。占有欲是如此难以满足，以致这种欲望能够比爱情本身持续更久。那么爱，就是使被爱者枯萎。情人从此成为孤独者，他的可耻的痛苦与其说是自己不再被人爱，不如说是得知对方仍能并应当去爱他人。严格说来，每个被疯狂的追求欲所持续和占有欲所折磨的人都希望他曾经爱过的人枯萎或死亡。这就是真正的反叛。那些连一天也不曾要求众生和世界的绝对贞洁、不曾在绝对贞洁的不可能性面前因怀念和无能为力而颤抖的人，那些不断被推向他们对绝对的怀念而并不拼命试图去爱的人，都是无法理解反叛的现实和反叛对于毁灭的狂热的。但是众生总是互相躲避，我们也躲避他们。他们并没有坚实的轮廓。按这种观点，生活并没有风格。生活只是一种在其形式后追赶而又永远找不到这种形式的运动。处于痛苦中的人徒劳地寻找着这种形式，这种形式赋予他以各种界限，在这些界限中他将成为国王。若这世界上唯一有生命的事物具有自己的形式，人将得以复归。

没有人最终不是从意识的初级水平出发，竭力寻找能给予其存在所欠缺的统一的那些公式或态度的。显现或作为，花花公子或革命者，都要求统一，以求存在，并且是在这个世界上存在。正如在这些悲怆而可怜有时持续很久的联系中那样，因为同伴之一指望找到适当的词、动作，或处境，它们把他的遭遇变成有头有尾的完整的故事，每个人都用正确的语气为自己创造或提出结束语。只是活着并不够，应该有一种命运，而不应坐等死亡。因此，说人欲求得到一个比现在更好的世界，那是正确的。但是，"更好的"，并不是表示不同的，而是表示统一的。这狂热煽动起一颗位于一个纷乱世界而又摆脱不了这个世界的心灵，这种狂热实际上是统一的狂热。它不以平庸的逃避为出路，而是提出最固执的要求。宗教或罪恶，一切人类的努力最终都服从于这种无理性的欲望并且欲把生命所没有的形式赋予生命。同一种能导致对上天的崇敬或引起人的毁灭的运动，也完全会导致小说创作，小说创作便从这种运动中得到其严肃性。

小说若不是行动在其中取得形式、道出了结束语、一些人任凭另一些人摆布、每个生命都具有命运[1]的面貌的领域，那它又是什么呢？小说世界只是按照人的深刻的愿望对现实世界进行的修改。因为这毕竟是同一个世界。痛苦、欺骗和爱情是同样的。小说主人公拥有我们的语言，我们的弱点，我们的力量。他们的天地比起我们的天地既不更美丽，也不更感人。但是，他们至少追随他们的命运直至终了，甚至从来没有比那些追求极度激情的人更加感人肺腑的主人公，比如基里洛夫和斯塔福金纳[2]，格拉斯林夫人，于连·索黑尔或克莱芙亲王。我们无法估量他们，因为他们结束了我们永远完成不了的事情。

德·拉法耶特夫人[3]从最动人心弦的经验中写出了《克莱芙王妃》。她无疑就是克莱芙夫人，然而她又绝然不是这位夫人。差别何在？差别就是：拉法耶特夫人没有进入修道院，而且她周围没有任何人因绝望而死去。毫无疑问。她至少经历过那无与伦比的爱情的心碎时刻。但是，这爱情并不曾善终，她却仍然活了下来，她延续着这爱情，她不再怀念这爱情。最终，没有任何人，包括她自己，会知晓这爱情的始末，如果她没有用准确无误的语言勾描出来的话。同样，没有比葛比诺[4]的《阿特

---

[1] 如果说小说只讲怀念、绝望、无终，那它还创建形式与得救。为绝望命名，就是超越它。绝望的文学在用词上是矛盾的。——作者原注

[2] 这两人均是陀思妥耶夫斯基作品《群魔》中的人物。

[3] 德·拉法耶特夫人（Madame de La Fayette，1634—1693），法国女作家。

[4] 阿瑟·德·葛比诺（Arthur de Gobineau，1816—1882），法国作家。

拉斯的七个女儿》中的索菲·托斯卡和卡希米尔的故事更加具有小说气息、更加美丽的故事了。索菲是个敏感又美丽的女人，她使人懂得了司汤达的忏悔，"只有具备伟大性格的女人能够使我幸福"，她强迫卡希米尔向她承认爱情。她习惯于被人爱，因而，在这个每天来看她、但又总是保持着一种令人恼火的镇定的人面前，她实在不耐烦了。实际上，卡希米尔承认了他的爱，却是以法律陈述的语气承认的。他研究过她，他了解她如同了解自己一样，他确信，没有这种爱，他不能生活，但是这爱情是没有前途的。于是他决定告诉她这爱情和她的虚荣，并要她赠予财产——她很富有，因此这种做法并没有什么影响——由她负责给他一笔微薄的养老金，使他能安身于他随意选择的某城市的市郊（即维勒纳市），在贫穷中等待死亡。卡希米尔还承认，从索菲那里接受必需的生活费用的想法表示着对人类弱点的让步，这是他允许自己作出的唯一的让步，相隔一段很长时间，他寄出一张白纸，这张纸装在一只写着索菲名字的信封里。索菲先是愤怒，以后惶惶不安，最终郁郁寡欢。她接受了，一切都像卡希米尔曾预料的那样。后来他在维勒纳死于忧郁的爱。故事就这样拥有它的逻辑。美好的故事若没有这种从容不迫的连续性就不会展开，这种连续性从不存在于被经历过的处境中，而是人们从现实出发在想象的过程中找到它。如果葛比诺到维勒纳，她会厌烦的，会从那里回来的，或会在那里找到自己的乐趣。但是，卡希米尔并没有那种追求变化的渴望，也没见到康复的黎明。他一直走到底，就像希斯克里夫那样，希望超越死亡直达地狱。

这就是想象的世界，但是这个世界是通过对我们这个世界进行修改而创造出来的，在这个世界里，痛苦，若愿意的话，能够持续直至死亡。在这个世界里，激情永远不会是漫不经心的，人们受着固定观念的摆布，并且一些人总是在另一些人面前出现。人最终在这个世界中给予自身以形式和使之平静的限制，他徒劳地在自身的境遇中追逐着这种形式和限制。小说按需要制造命运。它就这样与创造竞争。并且暂时战胜死亡。每次都从不同角度对最脍炙人口的小说进行的细节分析表明，小说的本质就存在于这种艺术家根据自己的经验进行的不间断的修改中，这种修改总是趋向同一方向。这种修改远不是伦理的和纯形式的，它首先追求的是统一，并且由此表达一种形而上学的需要。在这个层次上，小说先是一种为怀念的或反叛的情感服务的智力实践。人们能在法国的分析小说中，在梅尔维尔、巴尔扎克、陀思妥耶夫斯基或托尔斯泰的作品中研究这种对统一的追求。但是只要对在小说界的两个相对立的极端的两种倾向——即普鲁斯特的创作与近年来的美国小说——进行一次简单的比较，就足以说明我们的论题。

美国小说[1]称它在把人还原为初始或外部的反动和行为的过程中找到了自己的统一。它没有选择给人以一种特殊形象的情

---

[1] 这里指的是"严峻"小说，即二十世纪三十至四十年代的小说，而不是十九世纪奇葩盛开的美国小说。——作者原注

感或激情，就像在古典小说中那样。它拒绝分析，拒绝寻求可能解释或概括一个人物行为的基本心理冲动。所以，这种小说的统一只不过是一种观点的统一。它的技巧在于从外部用人最相异的动作去描写人，在于不加注释地重新制造话语直至造成重复[1]，在于如同人们完全是被他们的日常机械动作所确定的那样去行动。事实上，在这个机械层次上，人彼此雷同，这样我们就可以解释这个所有人物在其中都可互换——甚至在他们身体的特殊性中也一样——的奇怪领域。这种技巧被称为现实主义只是一种误会。如我们所知，不仅艺术中的现实主义是一种难以理解的概念，而且显而易见，这个小说世界并不追求对现实的纯粹而简单的再造，而是意在最随意的勾勒。小说世界产生于一种裁剪，而且是一种自愿的建立在现实之上的裁剪。这样得到的统一是衰落的统一，是对人与世界的平整。在小说家看来，似乎是内部生活剥夺了人类行动的统一性，并且让人们互相取悦。这种怀疑部分地有理。而反叛是这种艺术的起源，它只有从这种内部现实出发制造统一才能得到满足，而不是否定这种内部现实。完全否定内部现实，就是参照一个想象出来的人。恐怖小说同样也是一种桃色小说，恐怖小说具备了它的形式上的虚荣。它以自己的方式[2]被创作出来。肉体的生命还

---

[1] 就连在这一代的伟大作家福克纳的作品中，内心独白也只是制造了思想的外壳。——作者原注

[2] 贝纳丹·德·圣比埃和萨德侯爵，尽管表现手法不同，都是宣传小说的创作者。——作者原注

原为自己，奇怪地制造了一个抽象而又无根据的天地，这个天地又经常被现实否定。在这种从内部生活中提炼出来的小说中，人们似乎在一面玻璃后面受到观察。这种小说把假定的中间人物当作唯一的主体，最终把病理学搬了出来。人们就这样解释在这个天地中被利用的数量可观的"无辜者"。无辜者是这样一种行动中的理想主体，因为他的整体只有通过他的行为被确定。他是这个令人绝望的世界的象征，在这个世界中，那些可怜的制动木偶生活在最机械的和谐之中，这个世界是美国小说家们面对现代世界作为悲怆而又无成果的抗议而建树起来的。

至于普鲁斯特，他从经过耐心观察的现实出发创造一个封闭的、不可替代的世界，这个世界只属于他，并且标志着他对事物的逃避和对死亡的胜利。但是，他用的方法与此相对立。这些方法首先在一个协商而定的选择中，把握小说家将从他过去隐私中选择的经细心收集的特殊时刻。一些广阔的死亡空间就这样从生活中被抛弃出去，因为它们没有在记忆中留下任何痕迹。如果美国小说的世界就是没有记忆的人的世界，则普鲁斯特的世界只有对他自己才是一种回忆。这仅仅涉及最困难、最苛刻的回忆，这种记忆拒绝现实世界的分散，而且从一种被重新发现的香气中获取新世界或旧世界的秘密。普鲁斯特选择了内心生活，在内心生活中他选择了比生活本身更加内在的东西来反对在现实中被忘记的东西，即机械的东西、盲目的世界。但是从这种对现实的拒绝中，普鲁斯特没有陷入对现实的否定。普鲁斯特并没有犯取消机械因素的错误——与美国小说相对称的错误。相反，在一种高级的统一中，他把失落的回忆和现时的感觉、扭曲的脚和那些幸福的日子汇聚在一起。

返回幸福和青春之处是困难的。花枝招展的年轻姑娘们面对着大海笑着，叽叽喳喳地说个不停，但静观着她们的人逐渐地失去爱她们的权利，就像他曾经爱过的姑娘们失去了被爱的权利一样。这种忧郁就是普鲁斯特的忧郁。这种忧郁在他身上十分强大，足以作为对整个存在的否定喷射出来。但是，对面貌和光线的爱好同时把他与这个世界连接起来。他不曾同意幸福的假日永远逝去。他承担起再现它们的责任，并且与死亡相对抗，指出过去在永不枯竭的现在之中、在时间的尽头重现，而且还比初始时更加真实，更加丰富。对《追忆逝水年华》的心理分析于是只是一种强有力的方法。普鲁斯特真实的伟大在于描写了"又找到的年华"，它集中了一个分散的世界并且在分裂的层次上赋予它以某种意义。在死亡的前夕，他艰难的胜利，就是仅仅通过回忆和智慧的途径，从形式的不断的消逝中发掘出人类的统一而动人的象征。这样一部作品能够对创作表示的最肯定的挑战就是表现为一个大全，一个封闭和统一的世界。这就无反悔地给作品下了定义。

有人说普鲁斯特的世界是一个没有上帝的世界。若这是真的，并不是因为生活在这个世界中的人从来不谈论上帝，而是因为这个世界企图成为一种封闭的完美，并且使人的面貌成为永恒的。至少在这种企图中，"又找到的年华"是没有上帝的永恒。在这方面，普鲁斯特的作品显现为一种人所从事的反对自

145

身必然会消失的条件的无比巨大和最有意义的事业。他指出，小说的艺术重建创作本身即那种强加给我们并且被我们拒绝的创作。至少在它的一种形态下，这种艺术旨在选择创造物来反对它的创造者。但是，它还有更深的意义，它与世界或人们的美相结合以反对死亡与遗忘的强大力量。因此，它的反抗是有创造性的。

反叛与风格

艺术家通过对现实的加工表明他的拒绝力。但是，在他所创造的天地里，他所保留的东西显露出他至少对一部分现实事物表示赞同，他从变化的阴影中抽出这部分现实并将它置于创造的光辉下。极言之，如果拒绝是完全的，现实就会全部被驱除，我们得到的作品是纯形式的作品。相反，如果艺术家鉴于往往是艺术以外的原因，决定颂扬未加工的现实，我们便实现了现实主义。在第一种情况下，创造性的初级运动被切割，而仅对拒绝有利。在这种运动中，反叛和赞同，肯定和否定都密切联系在一起。此时，就发生形式的逃避，我们的时代已经提供了许多这类逃避的先例，而且我们看到这种逃避渊源于虚无主义。在第二种情况下，艺术家用抽去世界的一切特殊前景的方式欲赋予世界以统一。在这个意义上，艺术家承认自己对统一的需要，即使是衰落的统一也罢。但是他也放弃了艺术创作的最初要求。为更好地否定创造意识的相对自由，艺术家肯定了世界的即时的完全性。在这两类作品中，创造行为否定了自

146

身。最初，他仅仅拒绝现实的一个方面，同时又肯定另一方面。不管是拒绝整个现实还是只肯定现实，艺术家每次在绝对否定或绝对肯定中都否定自身。在美学上，人们看到这种分析同我们在历史范围内所作的分析是一致的。

可是，正如不存在最终不意味着某种价值的虚无主义，也不存在由于考虑到自身而不走向自相矛盾的唯物主义一样，形式主义的艺术和现实主义的艺术是一些抽象的概念。没有一种艺术能绝对地拒绝现实。"蛇发女魔"当然是一种纯粹的想象出来的创造物；它的脸和盘绕在脸上的蛇是存在于自然之中的。形式主义可能会越来越失去现实的内容，但是总有一种界限在等待着它。即使是纯几何学（有时抽象绘画会达到这种地步）还会向外部世界借鉴色彩和远景关系。真正的形式主义是无声。同样，现实主义不能不要最起码的解释和随意性。最佳的摄影作品并不忠实地表达现实，这种作品产生于选择并且赋予没有界限的东西以界限。现实主义艺术家和形式主义艺术家寻求着最佳作品并不在未加工的现实中也不在以为驱除了一切现实的想象创造中的那种统一。相反，艺术上的统一出现在艺术家强加给现实的转化之末。这种统一不能不要转化，也不能不要现实事物。艺术家通过自己的语言，对在现实中汲取的素材的再分布所作的修改 ①，就是风格，这种修改赋予经过再创造的世界

---

① 德拉克洛瓦指出（他的这种看法影响深远），应当纠正"这种不可改变的透视法，它（在现实中）使对事物的看法产生错觉，正由于正确性所致"。——作者原注

以统一和界限。在一切反叛者身上，它的目的在于（在某些天才身上取得了成功）赋予世界以自己的法则。席勒说："诗人是未得到承认的世界的立法员。"

小说艺术鉴于它的渊源必然会阐明这种天然倾向。它不可能完全地赞同现实，也不会绝对地同现实脱离。纯粹的想象并不存在，倘若它存在于某部全无物质外壳的理想小说中，它也将是无艺术意义可言的，因为寻找统一的精神的首要要求是这种统一具有交流性。另一方面，纯属推理的统一是一种虚假的统一，因为它并不以现实为基础。桃色小说（或恐怖小说）、教诲小说是脱离艺术的，在或大或小的程度上，这些小说并不服从这种法则。相反，真正的小说创作利用现实，并且仅仅利用现实，利用现实的热、血、激情或呼声。只不过，它还在现实中添上某些使现实改观的东西。

同样，一般人们称为现实主义小说的作品愿意再现即时的现实。再现现实的素材而不作任何选择，倘若能设想这种做法的话，将是使创造枯竭的一种重复。现实主义只应是宗教才华的表现手法，西班牙艺术使人绝妙地预感到了这一点；或是另一极端，它只应是满足于是什么并且模仿它的那些符号的艺术。事实上，艺术从来就不是现实主义的；有时艺术试图成为现实主义的。为真正地成为现实主义的作品，描绘注定永无止境。司汤达用一句话描写出吕西安·勒旺走进沙龙，现实主义艺术家也许完全有理由用好几卷的篇幅来描写人物和布景，还不能把细节描绘透彻。现实主义是不确定的罗列。由此，它表明自

148

己的真正意图是夺取，不是夺取统一，而是夺取现实世界的整体。于是，我们明白了现实主义是整体革命的官方美学。但是，这样一种美学已经显露出它的不可能性。现实主义小说不由自主地在现实中取材，因为选择和超越现实是思想和表达的条件本身。[①]写作，这已经是在作选择。因此，有一个理想的裁决者，把现实主义小说改变成主题不明确的小说。把小说世界的统一还原成现实的整体，这种做法只能利于一种先验的判断，这种判断把不适合于这种学说的东西从现实中排除掉。所谓的社会主义现实主义鉴于它的虚无主义的逻辑本身，必定兼顾到教诲小说和宣传文学的利益。

不管事件控制创造者，还是创造者欲否定整个事件，创造都屈从于虚无主义艺术的衰落形式。创造与文明一样，它意味着形式和材料、变化和精神、历史和价值之间的一种不间断的紧张。若平衡被打破，便会出现独裁或无政府、宣传或形式的狂热。在这两种情况下，创造，同理性的自由相吻合的创造，是不可能的。或是对抽象的令人目眩和形形色色的晦涩作出让步，或是求助于最生硬或最天真的现实主义的鞭子，几乎所有的现代艺术都是一种暴君和奴隶的艺术，而不是创造者的艺术。

无论是内容超越了形式的作品，还是形式淹没了内容的作品，都只谈失望的和使人失望的统一。正如在其他领域中那样，

---

① 德拉克洛瓦深刻地指出："为使现实主义不成为空洞字眼，应使所有的人具有同样的思想，同一种设想事物的方式。"——作者原注

不属于风格的任何统一都是一种割裂。不管艺术家选择什么样的角度，对于所有的创造者来说有一个共同的原则：勾描，它同时体现现实事物和那种赋予现实事物以形式的精神。通过它，创造者努力地重建世界，并总是略作修改，这正是艺术和异议的标志。不管这是普鲁斯特在人类的经历中所作的显微镜式的放大，还是相反，是美国小说赋予人物的那种荒谬的细节，现实在某种程度是受强制的。创造、此起彼伏的反叛，存在于这种体现作品风格和格调的歪曲中。艺术是一种具有外形的不可能实现的要求。当最令人心碎的呼叫找到了自己最坚定的语言时，反叛满足了它的真正要求并从这种对于它自身的忠诚中取得创造力。尽管这一切遇到了时代的偏见，但艺术上最伟大的风格仍表达了最崇高的反叛。正如真正的古典主义仅是一种被制服的浪漫主义那样，才华是一种创造了自己价值的反叛。因此，同今天人们所说的相反，在否定和纯粹的绝望中并无才华可言。

这也就是说，伟大的风格并不是一种普遍的形式的品德。当人们追求这种风格而有损于现实事物时，它是这样一种普通的形式的品德，那时，它就不是伟大风格了。它不再创新，而是模仿——正如一切学院派那样——而真正的创造以各自的方式富有革命性。如果说必须把勾描推向更远处，因为它归纳了人的干预和艺术家在再现现实中所表现出来的修改的意志，然而，这种勾描应当是看不见的，以使产生艺术的那种索求在它自身极度的紧张中得以表达。伟大风格是看不见的勾描，也就是说是被体现出来的。福楼拜说："在艺术上，不应当担心夸大。"但他又说，夸大应是"连续的同自身成比例的"。当勾描被夸大并让人看到时，作品就是一种纯粹的怀念：作品试图取得的统一同具体事物毫无关系。当现实相反地处于一种未加工状态，勾描毫无价值时，具体事物就被奉献出来而无统一可言。伟大的艺术、风格、反叛的真实面目都存在于这两种异端之中。[①]

创造与革命

反叛在艺术中以真正的创造而不是以批评或解说完成并永存下去。另一方面，革命只在文明中而不是在恐怖或暴政中被肯定。我们的时代由此向一个走进死胡同的社会提出两个问题：创造是可能的吗？革命是可能的吗？这两个问题实际是一个问题，它关系着一种文明的再生。

二十世纪的革命和艺术求助的是同一种虚无主义，并且生存于同样的矛盾之中。它们否定它们在自身的运动中所肯定的东西，而且它们二者都通过恐怖寻找不可能的出路。现代革命想开创一个新的世界，而革命只是旧世界的矛盾的必然结果而已。说到底，资本主义社会和革命社会是一回事，因为它们屈从于同样的手段——工业生产和同一种许诺。但是，前者以它

[①] 修改因主题不同而异。在一部忠实于上面所论及的美学的作品中，风格随主题变化而变化，作者特有的语言（他的口气）仍是热门话题，它体现出风格的不同之处。——作者原注

无法体现的并被它所使用的方法加以否定的形式原则的名义作出许诺；而后者以仅有的现实的名义证实自己的预言，并且最终歪曲了现实。生产社会只是生产性的，而不是创造性的。

现代艺术既然是虚无主义的，它也在形式主义与现实主义之间挣扎。再说，现实主义既是资产阶级的——即便是恐怖的现实主义——也是社会主义的，它便变成教诲的现实主义。形式主义当它是一种无用的抽象时，是属于过去的社会，同样，它也属于自称为未来的社会；它于是确定宣传。被非理性的否定摧毁的语言陷入字面上的混乱；由于屈从于规定的意识形态，它被简略为口号。艺术就在二者之间维持着。如果反叛者应该同时拒绝对虚无的愤怒和对整体的赞同，则艺术家应该同时逃避形式的狂乱和现实的极权美学。今天的世界的确是同一的，但它的统一是虚无主义的统一。文明只有在这个世界与形式原则的虚无主义及无原则的虚无主义一刀两断并且又找到一种创造性的综合的道路的情况下才是可能的。同样，艺术中的永久的解释和报道的时代已濒临死亡，于是它宣告创造者的时代到来。

但是，为此，艺术和社会，创造和革命应该重新找到反叛的根源，在这根源中，拒绝与认同，特殊与普遍，个体与历史在极度紧张状态中保持平衡。反叛在其自身并不是文明的组成部分。但是，它是一切文明的前提。只有它在我们所处的绝路中，才能够使人希望求得尼采所梦想的未来："创造者代替法官和压迫者。"这个公式并不能允许由艺术家来领导国家这种不足道的幻想。它只不过阐明我们时代的悲剧，在这个社会中，劳动完全屈从于生产，不再具有创造性。工业社会只有给予劳动者以创造者的尊严才可能开创一种文明的道路，也就是说要对劳动本身和劳动的产品都给予同等的关注和反思。文明从此成为必要的。在各阶级中，就像在个体之中，它都不能把劳动者与创造者分离；艺术创造也不能设想把形式和内容、精神和历史分离开来。这样，文明向所有的人承认反叛所肯定的尊严。莎士比亚领导修鞋匠的社会是不正确的，也是空想的。但是，修鞋匠们的社会声称可以不要莎士比亚则是不幸的。没有修鞋匠的莎士比亚被用来作为国王的借口。没有莎士比亚的鞋匠，当他无助于扩展暴政时，就会被暴政吞噬。一切创造在自身都否认主人与奴隶的世界。我们幸存在暴君与奴隶的丑恶社会里，这个社会只有在创造这层次上才会死去和改观。

但是，"创造是必要的"并不能导致"它是可能的"。艺术上的创造性时代是由实施于某个时期的混乱中的某种风格的秩序所规定的。它置同代人的诸种激情于形式和公式之中。对一个创造者来说，在我们的心情不悦的亲王们不再有谈情说爱的闲工夫的时代中，重复拉法耶特夫人已不再够了。在今天，集体的激情已经步个体的激情的后尘，通过艺术来控制爱的狂热总是可能的。但是，不可避免的问题是要控制集体的激情和历史的斗争。艺术的对象物不顾及作者的遗憾，从心理学延伸到人的生存条件。当时代的激情调动整个世界时，创造要统治整个命运。但是，同时它面对整体坚持对统一的肯定。只不过创造首先被自己，然后被整体性精神置于危险境地。创造，在今天就是冒着危险进行创造。

为了支配集体的激情，确实应该（至少应该相对地）经历与感受它。艺术在感受这种激情的同时，被这种激情所吞噬。这就使得我们的时代更多地是报道的时代，而不是艺术作品的时代。这个时代欠缺对时间的正确使用。这些激情的表露最终会引起比在爱情或雄心的时代更加重大的死亡机会，因为真正地经历这种集体的激情的唯一方式是愿意为这种激情并且由于这种激情而死。今天，最伟大的真实性的机遇就是为艺术而遭受最伟大的失败的机遇。如果在战争与革命中创造是不可能的，那我们就不会有创造者，因为战争和革命是我们的命运。无计划的生产秘不可测，它自身孕育着战争，就像乌云孕育着风暴一样。战争于是使西方遭殃并扼杀了贝基①。当资产阶级的机器刚从废墟上出现时，它就看见革命机器迎着它而来。贝基甚至不再有时间再生；即将发生的战争将杀死所有可能成为贝基的人。如果一种创造性的古典主义显示为可能的，那人们应承认：即使是以一个人的名字著称，它也是一代人的成果。在破坏的世纪中的失败的种种机遇只能由数量的机遇作补偿，也就是在十个真正的艺术家中至少会有一个人幸存的机遇，他肩负起他的伙伴们最重要的言训，并且终于在他的生活中同时获得激情

---

① 夏尔·贝基（Charles Péguy，1873—1914），法国作家，死于"一战"前线。

的时间与创造的时间。不管艺术家是否愿意，他都不再是一个孤独的人，除了在他的同辈人为他赢来的忧伤的胜利中。反叛的艺术也以揭示"我们是"而告终，伴随这种艺术的是一条怯生生的谦卑的道路。

在这期间，征服的革命在自己的虚无主义的歧途上威胁着那些反对它的人，他们欲要维持整体中的统一。今天的历史，尤其是明天的历史的意义之一就是艺术家与新征服者、创造性革命的见证人与虚无主义革命的奠基者之间的斗争。对斗争的结局，人们只可能抱有合于情理的幻想。至少，我们由此知道，这斗争应该进行。现代征服者们能杀人，但似乎不能创造。艺术家们善于创造，但不能真正杀人。在艺术家中，人们只能例外地找到几个谋杀犯。久而久之，在我们革命的社会中，艺术也许会死亡。然而，革命将会生存下来。每当革命把一个本来可能成为艺术家的人扼杀时，革命就会更加衰竭一些。如果征服者们最终使世界在自己的法律面前折服，那他们也不能证明数量是主宰，而只能证明这世界是地狱。就在这个地狱中，艺术的位置还与被战胜了的反叛——出现在绝望日子中的盲目和空洞的希望——的位置相吻合。埃·德温格在《西伯利亚日记》中，谈到那个多年来被囚禁在饥寒交迫的集中营中的德国中尉，他自造了一架无声的钢琴，琴键是木头的。他在接踵而来的灾难中，在衣衫褴褛的人中间弹奏只有他一人听得见的音乐。这样，被抛到地狱中的神秘抒情曲和已消逝的美的残酷形象总是会在罪恶与疯狂中给我们带来这种和谐的反抗的回声，这种反抗几世纪以来为人类的伟大作了见证。

但是，地狱只有一段时间，生命总会有一天重新开始。历史可能有终了之时，我们的任务不是结束它，而是按照我们从此所知的真实图像创造它。至少，艺术告诉我们，人不仅仅归结为历史，还在自然秩序中发现了一种存在的理由。对人来讲，伟大的潘①并没有死。他最本能的反叛在肯定价值和所有的人的共同尊严的同时，为满足自己对统一的渴望执着地要求现实事物未被触动的一部分，这部分的名字就是美。人们可能拒绝整个历史，然而又可能与群星和大海的世界相协调。想要不理会自然和美的那些反叛者注定要从他们欲创造劳动和存在之尊严的历史中被驱逐。一切伟大的改革者都试图在历史中建立莎士比亚、塞万提斯、莫里哀、托尔斯泰曾要创造的东西：一个始终准备满足在每个人心中的对自由和尊严的渴望的世界。无疑，美不制造革命。但是，革命需要美的那一天正在来临。美的规律也是反抗的规律，这种规律在对现实非议的同时又赋予现实以统一。人们能够永恒地拒绝非正义，而又不停止对人的本性与世界之美的崇敬吗？我们的回答是肯定的。这种道德是不顺从的，同时又是忠实的，它无论如何是唯一能照明一条真正现实主义革命道路的道德。我们在坚持美的同时，准备着复兴日子的到来，到了那天，文明远离形式原则和历史的衰落价值，

---

① 潘，希腊神话中的山林、畜牧神。他身体是人，腿脚是羊，头上有角。他住在林中保护牧人、猎人及牲畜。他爱好音乐，还带领山林女神舞蹈嬉戏。

而把奠定世界与人的共同尊严的这种活生生的道德置于它的思考中心。我们现在面对一个污辱这种道德的世界，要为这种道德下定义。

反叛与谋杀

欧洲和革命远离这生命的源泉，在极度的惊厥中衰竭。人在上世纪砸烂了宗教的锁链。然而，人刚从中解脱出来又重新给自己套上枷锁，一些无法容忍的枷锁。品德在死去，但又复生，变得更加气势汹汹。它向所有的人大声疾呼仁爱，和这种把当代的人文主义变成可笑之物的遥远的爱。达到这样一种固定不变的程度，品德只会造成灾害。它变得尖刻的日子来临了，它担当了治安警的角色。为了拯救人类，无耻的焚尸柴火已经堆起。在当代悲剧之巅，我们同罪恶成了莫逆之交。生命的源泉和创造的源泉似已枯竭。恐怖使布满幽灵和机器的欧洲凝固起来。在两个万人坑之间，断头台架设在地道的尽头。人道主义的拷问者在那里静悄悄地欢庆他们的新偶像。什么喊声会打扰他们？诗人们面对着自己的被谋害的兄弟，自豪地称他们的双手是干净的。从此，全世界便漫不经心地把目光从这罪恶上移开了；受害者便完全无人问津：他们让人讨厌。古时候，谋杀的血迹至少让人产生一种神圣的恐怖；它使生命的价值神圣化。使人相反地设想，认为这个时代还不够血腥，这便是对这个时代的真正的谴责。血再也看不见了；它溅不到我们那些伪善者的脸上。极端的虚无主义是：盲目的和疯狂的谋杀变成了绿洲，愚笨的犯罪分子同我们异常聪明的刽子手相比令人耳目一新。

欧洲的精神长期以来曾认为它能同全人类一起反对上帝，终于它发现如果它不愿死去的话，它也必须反对人类。反叛者揭竿而起反对死亡，他们欲在人类之中建树起真正的不朽，他们惊恐地发现自己必须去杀人。然而，如果后退的话，他们必遭灭亡；如果前进，他们必须去杀人。反叛背离了自己的渊源，并且厚颜无耻地乔装改扮。它在各个层次上，都摆动在牺牲和谋杀之间。它本来希望正义成为分配性的，但它现在变成粗略性的。宽容的王国已被战胜，而正义的王国也在崩溃。欧洲正在这种失望中死去。欧洲的反叛曾为人类的无辜申辩，而现在它却拼命地对付自身的罪恶。反叛几乎还未跃向整体就天生具有一种最无望的孤独。它曾想结伙成群，现在却无其他希望，只求逐年把追求统一的孤独者零星地集合起来。

或者因为人们把一个幸存下来的社会连同它的不公正现象一齐接受下来；或者由于人们厚颜无耻地决定违背人意为历史的狂热进展服务，难道应当放弃一切反叛吗？总之，如果我们思考的逻辑将得出一种可鄙的顺大流的结论，那么应当像某些家庭有时接受无法避免的有损荣誉的事情那样去接受这种结论。如果这样的逻辑也必须为各式各样的谋害人类的行为辩护，甚至为有计划地毁灭人类辩护的话，那就应当赞成这种自杀行为。追求正义的感情终将会从中得到报偿：做交易和警察社会的消失。

然而，我们还处在反叛的世界；反叛没有成为新暴君们的借口吗？反叛行动中所包含的"我们存在"可能不引起轰动或无欺诈地同谋杀和解吗？反叛给压迫划定了界限，在这个界限以内，是人类所共有的尊严，反叛以这种方式确立起了第一个价值。它把人与人之间显而易见的合谋、共同的结构、锁链般的团结、使人变得相似并使人结成团伙的互相沟通放在它的依据的首位。这样，它使精神在同荒谬的世界的斗争中迈出了第一步。由于这一步，它面临谋杀，它所必须解决的问题变得更加令人不安。确实，在荒谬这个层次上，谋杀仅仅挑起了符合逻辑的矛盾；在反叛的层次上，这种谋杀是一种撕裂。因为问题是要决定是否可能杀死某个我们刚认出他的相貌并认可他的身份的人。孤独刚被超越，难道应当以使切割整体的行为合法化的方式最终地找回孤独吗？迫使一个刚得知自己并非独自一人的人处于孤独中，难道这不是一种反人类的深重罪行吗？

在逻辑上，人们应当说谋杀和反叛是相互矛盾的。一个奴隶主遇害，反叛者便无资格说人类的共同体，而反叛者正是从这种共同体中证实自己无罪。如果这个世界没有优越感，如果人只有人来作担保，那么只要人把一个人从人类社会中分割出来，就足以使自己从这个社会中被排除出去。该隐因杀了亚伯，便逃进荒漠。如果谋杀者是民众，民众就生活在荒漠中，生活在被称为杂乱的另一种孤独中。

反叛者自他攻击之时起就把世界分割为二。他以人与人的同一性的名义挺身而起，而他在鲜血中认可人的差别的同时牺牲了人的同一性。在贫困和压迫的深处，他的唯一的存在是在这种同一性中。同一种旨在肯定他的行动使他停止存在。他能说一些人或甚至几乎所有的人同他在一起。如果这个友爱的不可替代的世界缺少一人，这个世界就成为荒芜的世界。如果我们不存在，如果我不存在，卡利阿耶夫[①]的忧郁和圣·茹斯特的沉默就得以解释。反叛者决心使用暴力和谋杀，为保存存在的希望，他们全然白费心思用"我们将存在"来代替"我们存在"。当谋杀者和受害者都消失以后，共同体将会没有他们而重新起来。例外情况将得以存在，规则将成为可能。在历史这个层次上，就像在个人生活中那样，谋杀便成为一种绝望的例外或什么也不是。它对事物秩序造成的破坏并没有不良后果。它是异乎寻常的，它不可能被利用，也无计划，如纯历史的态度所希望的那样。它是人们仅有的一次所达到的界限，超越这界限，就应死亡。如果反叛者放纵自己去进行谋杀活动，那么他只有一种方式同自己的行为取得和解：同意自己死亡和献身。他杀人，然后去死，以此表示谋杀是不可能的。他告诉人们他实际上更热衷于"我们存在"，而不是"我们将存在"。卡利阿耶夫在牢里的那种平静的幸福，圣·茹斯特走向断头台时的安详神态便得到了解释。超越了这个界线极限，就产生矛盾和虚无主义。

---

① 伊凡·卡利阿耶夫（Ivan Kalyayev，1877—1905），俄国诗人，社会革命党成员，1905年因参与刺杀谢尔盖·亚历山德罗维奇大公被处绞刑。

虚无主义的谋杀

非理性的和理性的罪行实际上都背叛了反叛行动所揭示的价值，其中，前者尤为严重。否定一切并任意杀人者、萨德、从事谋杀活动的纨绔子弟、独一无二的无情者卡拉马佐夫、江湖大盗的狂热追随者、向人群开枪的超现实主义者，都要求完全的自由和无限制的展现人类的傲慢。虚无主义在同一种狂热中把创造者和创造物混淆起来。虚无主义取消一切希望的原则，排除一切界限，在失去理智的盲目的愤怒中，最终认为杀死已注定要死亡的东西并无关系。

然而，它的理智、对共同命运的互相承认、人与人之间的沟通，始终是有活力的东西。反叛将它们公布于众，并为它们效力。反叛确定了反对虚无主义的行动准则，这个准则无需等到历史的终了就可指点行动，然而它并不具备形式。相反，它把雅各宾的道德变成一种脱离准则和法律的东西。它为道德开道，这种道德根本不服从抽象的原则，只是在反叛的热潮中，在无休止的非议的行动中，才发现这些原则。没有任何东西能告诉我们说这些原则过去曾永久地存在，没有任何东西可宣称它们将存在。但是，它们存在于我们所处的时代中。它们在整个历史长河中同我们一起否定奴役、谎言和恐怖。

奴隶主与奴隶之间确实毫无共同之处，人们不能同一个受奴役的人谈话和进行交流。奴役不仅不可能进行那种私下的和自由的对话——我们正是通过这种对话得知我们的相似并认可

161

我们的命运，它反而使最可畏的沉默统治世界。若非正义对反叛者来说是坏事，这并不是在于它违背了某种正义的永恒的思想，我们也并不知道把这种思想确定在何处，而是在于非正义使那种把压迫者和被压迫者分离的无声的对立永存下去。非正义扼杀了由于人与人之间的合谋而降临世界的为数甚少的生灵。同样，由于说谎者相对于他人来说形成自我封闭，因此，谎言遭人摒弃，而谋杀和强暴强迫人们保持严格的沉默，它们在更低的层次上遭人摒弃。反叛行为所发现的合谋和交流只有在自由交谈中才能得以生存。每种暧昧，每个误会，都会造成死亡；只有明了的语言，简洁的词语才能从这种死亡中得到拯救[①]。最大的悲剧在于英雄之间的互不沟通。柏拉图同摩西[②]和尼采的对立是有道理的。人与人之间的对话，比起站在孤山之巅发表各种集权主义宗教的独白式的和授意式的布道来，其代价要小。在舞台上像在城市里一样，独白出现在死亡之前。每个反叛者以挺身而起面对压迫者的行动来为生命辩护，投入到反对奴役、谎言和恐怖的斗争中，并在瞬间称这三大祸害使沉默统治人间关系，使人与人之间关系隔膜并阻止人类重新回到唯一能拯救他们摆脱虚无主义的价值中，阻止他们回到人们同自身命运作斗争的长期协力中。

　　一瞬间，但目前来讲这已足以告诉人们最极度的自由，即

---

① 人们会发现集权主义学说所特有的语言总是繁琐的或行政式的。——作者原注

② 摩西，《圣经·旧约》中古代犹太人的首领和先知。

杀人的自由同反叛的理由是不相容的。反叛根本不是为了求得完全的自由。相反，反叛指责完全的自由。反叛正是反对允许一个长官侵犯禁止领域的那种无限权力。反叛并不求全体的独立，它的意愿是：凡是人之处，自由是有限的。这个道理得到公认，因为限度正是这种存在的反叛权力。这就是反叛的不妥协的深刻原因。反叛越具有要求限度的意识，它就越不可动摇。当然，反叛者要求自身得到某种自由；但是，倘若他是一个彻底的反叛者，他无论如何也不会要求毁灭存在和他人自由的权力。反叛者不会污辱任何人。他所要求的那种自由，他为所有的人去争取它；他所拒绝的那种自由，他禁止任何人去取得它。他不仅是一个反对奴隶主的奴隶，也是一个反对奴隶主和奴隶世界的人。因此，随着反叛出现，在历史上除了统治和奴役关系之外，又增添了某些东西。无限制的强权并不是历史的唯一规律。反叛者正是以另一种价值的名义称完全的自由是不可能的，同时，他为自己要求相对的自由，这种自由对认识这种不可能性是必需的。人的每种自由在其最深刻的根源上是相对的。绝对的自由，即杀人的自由，是唯一不与它自身同时要求那种限制它、磨灭它的东西的自由。于是，它就失去了根据，像抽象的和作恶的阴影一样，任意飘忽，直到它自以为在意识中找到躯壳为止。

因此，可以说当反叛走向破坏时，它是反逻辑的。反叛要求人类处境的统一，它追求生命而不是死亡。它的深刻的逻辑并不是破坏的逻辑，而是创造的逻辑。反叛的行动是保持纯正，

163

不应抛弃任何支撑着它的矛盾的用语。它应当忠实于它所包含的"是",同时忠实于虚无主义的解释在反叛中所孤立的那个"不"。反叛的逻辑是为正义效劳而不是为处境的不公正作补充,是尽力使用明了的语言不为普遍的谎言增色,并且面对着人类的痛苦为幸福作担保。虚无主义的激情为非正义和谎言添枝加叶,在它的狂热中摧毁了自己过去的要求,并因此使自己反叛的最明确的理由被剥夺了。它杀戮,因为它深切感到这个世界已由死亡摆布。相反,反叛的后果是拒不认为谋杀是合理的,因为在反叛的原则中,它是反对死亡的。

然而,如果人能独自把统一带给世界,如果他能由自己下令来使真诚、纯洁和正义统治世界,那么人就是上帝。同样,如果人能做到这些,那么反叛从今以后也无任何理由了。如果说有反叛,那是因为谎言、非正义和强暴部分地造成了反叛者的条件。因此,反叛者不能绝对地丝毫不加杀戮也不说一句谎言,而又不放弃反叛,并断然地同意谋杀和作恶。但是他也不能同意进行杀戮和说谎,因为相反的行动会使谋杀和强暴合法化,这会使反叛失去其根据。反叛者便无安宁。他知道善但又身不由己地作恶。使反叛者挺立住的那种价值从来就不是一劳永逸地赐予的。反叛者应当不断地维护这种价值。反叛者所取得的存在会垮台,如果再次不支撑这种存在的话。总之,如果反叛者不能始终如一地直接地或间接地毫不杀戮,他能把他的狂热和激情用来削弱在他周围发生的谋杀。反叛者投身在黑暗中,他的唯一的品德将是不向令人目眩的黑暗让步;反叛者同恶捆绑在一起，他的唯一的品德将是拖着艰难步履坚持不懈地向善走去。如果他自己也杀戮，那么他终将接受死亡。反叛者忠于自己的渊源，在牺牲中，他表明他的真正的自由并不是对谋杀而言，而是针对自身死亡而言的。他同时发现了形而上学的荣誉。卡利阿耶夫身在绞架下，他明确地向他所有的兄弟们指出了人类荣誉开始和终了的准确界限。

历史的谋杀

反叛也在不仅要求典范的选择、而且要求有效的能力的历史中展开。理性的谋杀可能在这种历史中得到开脱。反叛的矛盾就在似乎无法解决的二律背反中得到反响。在政治领域中，二律背反的两个例证一方面是暴力与非暴力之间的对立，另一方面是正义和自由之间的对立。让我们设法在它们的自相矛盾中来确定它们。

包含在反叛的最初运动中的积极价值意味着放弃暴力原则。由此，这种价值造成稳定一种革命的不可能性。反叛始终附带着这种矛盾。在历史层次上，它变得更加强硬。如果我放弃使人的同一性得到尊重，我就在压迫者面前认输，我就放弃反叛，又回过来赞同虚无主义。虚无主义成为保守的。如果为了存在我要求这种同一性得到公认，我就投身到一种行动中，这种行动为取得成功意味着使用暴力的犬儒主义并且否认这种同一性和反叛本身。如果在人继续扩大矛盾的同时，世界的统一不能从无到有，那么他应当在历史中把统一建立在同自身相称的水

165

平上。历史并没有使自身改观的价值，它受到效力法则的制约。历史唯物主义、决定论、暴力、否定每种不符合效力意义的自由、勇气和沉默的世界，这些是历史纯洁的哲学的最合理的结果。在当今世界只有一种永恒的哲学能够为非暴力辩护。这种哲学将提出历史的创造性以反对绝对的历史性并对历史境遇追根溯源。这种哲学最终认可非正义，而把对正义的关注托付给上帝。同样，它所作出的答案要求信念。人们用恶、用万能而又作恶的上帝或行善而又无能的上帝这种自相矛盾来反对这种哲学。选择将始终存在于宽容和历史、上帝或利剑之间。

反叛者可能会持何种态度？反叛者不可能背离世界和历史而不否定反叛原则本身，不可能选择永生而不在某种意义上屈从于恶。譬如，作为非教徒，他将干到底。但是，干到底意味着绝对地选择历史并同历史一起谋杀人类，如果说这种谋杀对历史来说是必要的话，认可谋杀的合法性仍是否定反叛自身的渊源。如果反叛者不作选择，就等于他选择沉默和奴役他人。如果在某种绝望的行动中，反叛者公开宣称既反对上帝也反对历史，那么他就是纯粹自由的见证，即一无所是的见证。处于我们这个历史阶段中，由于不可能肯定一种在恶之中不受限制的更充分的理由，反叛者明显的窘境便是保持沉默或进行谋杀。这两种情况都是背弃。

同样，还有公正和自由。这两种要求属于反叛行动的原则。在革命的冲动中，人们再次发现了这两种要求。革命的历史却向我们指出，这二者几乎总是相互发生冲突，好像它们相互的要求是不可调和的。绝对的自由，对于强权者来说就是统治的权利。因此，这种自由维护着有利于非正义的冲突。绝对的公正就是取消一切矛盾：它毁灭自由。[①]自由所进行的伸张正义的革命最终使自由和正义对立。因此，在每种革命中，至此占统治地位的等级制一旦被取消，便有一个革命本身引起的反叛行动的阶段，这种反叛行动表明了它的局限并预告着它的失败。革命首先企图实现引起革命的反叛精神；然后革命又迫使自己否定反叛精神以更好地肯定自身。似乎在反叛行动和革命成果之间存在着一种无法抹杀的对立。

然而，这些矛盾状况仅存在于绝对中。它们意味着一个无媒介的世界和一种无媒介的思想。事实上，在同历史完全隔绝的神和不可能作任何超越的历史之间，不存在调和的可能性。它们在世上的代表是瑜伽教徒和委员。但是，这两种类型的人之间的差别并不是不可能实现的纯洁和有效性之间的差别。前者仅仅选择戒绝的无效性，而后者选择了破坏的无效性。由于二者都抛弃了反叛披露的那种媒介价值，它们都同样远离事实，仅给我们提供了两种类型的无能为力。

实际上，如果说不顾历史也就是否定现实，那么，把历史看作一个自足的整体，这同样是远离历史。二十世纪的革命用历史来代替上帝，以为避免了虚无主义并忠实于真正的反叛。

---

① 让·格勒尼耶在《关于自由的习惯使用谈话录》中作了说明，我们可以把它归结为：绝对的自由是一切价值的毁灭；绝对的价值取消一切自由。乔治·巴朗特也说："如果存在某种一致的普遍的真理，自由便无存在的理由。"——作者原注

事实上，它却巩固了虚无主义，背叛了反叛。历史在它纯净的运动中并不提供任何价值。因此，应当根据即时的有效性而生存、沉默或说谎。有计划的暴力或强制的沉默、老谋深算或合谋的谎言成为不可避免的法则。纯历史的思想便成了虚无主义的思想：它完全地接受历史之恶，因而它在这方面同反叛相对立。尽管这种历史的理性作为补偿肯定了历史的绝对合理性，它只有在历史的终了才将得以完成，并具有完整的意义。与此同时，必须行动起来，必须不受道德法则的约束行动起来，使最终的法则得以产生。卑鄙无耻作为政治态度只是在以绝对主义思想作为依据的情况下才符合逻辑，也就是说，一方面是绝对的虚无主义，另一方面是绝对的理性主义。[1] 至于后果，在这两种态度之间并无差别。自它们被接受之时起，人世间便成荒漠。

事实上，纯历史的绝对甚至是不可设想的。例如，雅斯贝尔斯[2] 思想在其基本点上指出人要把握整体是不可能的，因为人处在这种整体之中。历史作为一个整体，只有在它自身以外的和世界以外的观察者眼中才可能存在。严格地说，只有为上帝的历史。因此，不可能照包括全部通史在内的各种计划来行动。

---

① 人们还看到（对此不能过分强调），绝对理性主义并不是理性主义。这两者之间，差别犹似卑鄙无耻同现实主义的差别一样。前者将后果推出赋予它意义和合法性的界限。绝对理性主义越粗暴，它的有效性反而越差。这就是暴力面对强权。——作者原注

② 卡尔·西奥多·雅斯贝尔斯（Karl Theodor Jaspers，1883—1969），德国哲学家。

任何历史的举动只能是一种或多或少合理的、或有根据的奇遇。它首先是一种冒险。作为冒险，它不可能为任何过分作辩护，为任何不调和的绝对的立场辩解。

相反，如果反叛能建立一种哲学，这将是一种有界限的、有谋算的、无知的和冒险的哲学。不能无所不知的人不能杀戮一切。反叛者远没有把历史变成绝对物，他否认历史并以他对自身本质的看法的名义对历史提出质疑。反叛者拒绝自身的境遇，他的境遇在大部分情况下是历史境遇。非正义瞬间即逝，死亡都出现在历史中。人们在拒绝它们的同时，也拒绝历史。当然，反叛者并不否认围绕着他的历史，正是在历史中，他设法肯定自己。反叛者在历史面前犹如艺术家在现实面前一样，他拒绝历史而不从历史中脱逃。即使一瞬间，他也没把历史变成绝对物。如果由于物的力量，他可能参与历史的罪恶，他却不会使这罪恶合法化。理性的罪恶不仅不能在反叛的层次上得到承认，而且它意味着反叛的死亡。为使这种事实更明了，理性的罪恶首先对自身的行为否定神化的历史的反叛者产生影响。

自称为革命精神所特有的那种神秘化，今天又重新捡起资产阶级的神秘化并使它变得更加严重了。它许下绝对公正的诺言，却使永久的不公正、无限的妥协和卑劣行为通行无阻。反叛只求相对，它只能允诺具有相对正义的确实的尊严。它赞成人类共同体的建立所需的界限。他的世界是一个相对的世界。它并不像黑格尔和马克思那样称一切全是必然的，而仅强调一切是可能的，并称在某种界限上，可能也值得牺牲。在上帝与历史、瑜伽信徒和委员之间，它开辟了一条困难道路，在这条道路上，矛盾能存在并相互超越。请看两个二律背反的例子。

欲同自己渊源保持一致的革命行动该归纳在一种相对的积极赞成中。它将忠实于人类的处境。这样的革命不择手段，它接受近似的目标，而为更好地确定近似的目标，它将任凭舆论发表看法。它将维持为它的起义进行争辩的这种共同存在。它将特别在权利上保留长期表达的可能性。这确定了对于正义和自由的行为准则。倘若无奠定正义的自然和民众的权利，社会便无正义可言。没有这种权利的表达也无权利可言。若权利能不失时机地得到表达，那么这种权利奠定的正义将或迟或早地降临人世，这是可能的。为征服存在，应当以我们在自身所发现的仅有的一点存在为起点，而不是首先否定它。使权利保持沉默直至正义建立。这就等于使权利永远沉默，因为如果正义一旦统治世界，权利将不再有说话的必要。因此，人们重新把正义托付给仅有的有权说话的人，即强权者。几个世纪以来，由强权者分配的正义和存在叫作任意。扼杀自由使正义统治世界，就等于给宽容观念恢复名誉，而无神明的干预，并且通过令人目眩的反应在最低下的种类中恢复神秘的躯体。即使当正义未能实现时，自由也保留着抗议的权利并拯救了沟通。在沉默的世界上的正义，被奴役和不做声的正义摧毁了共谋并且最终不再成为正义。二十世纪的革命鉴于追求过度的征服目标，专断地把两个不可分的概念分开了。绝对的自由嘲笑正义，绝对的正义否定自由。这两种概念为得到充实，应当在对方找到它们的界限。任何人都不认为自身的处境是自由的，如果他的处境是不公正的话；也不会认为自身的处境是公正的，如果这种处境不是自由的话。倘若自由无权明确地表明正义和非正义，无权以小部分拒绝死亡的存在的名义来要求整个存在，那么这种自由是不可能设想的。有这么一种正义，尽管十分相异，却可以恢复起自由——历史的仅有的不可磨灭的价值。人们除为了自由，永远不会真正地死去：他们并不曾以为自己完全死亡。

同样的推理适用于暴力。绝对的非暴力否定地奠定奴役和它的暴力行为：有计划的暴力积极地摧毁了有生命的共同体和我们从中取得的存在。为了得到充实，这两个概念应当找到自己的界限。在被看成绝对物的历史中，暴力被合法化了；像相对的冒险那样，它是沟通的断裂。对于反叛者来说，它应保持它的破坏的暂时特征，如果它是无法避免的话，应当始终同个人的责任性相联系，同即刻的冒险相联系。制度的暴力位于秩序中；它在某种意义上是舒适的。领袖原则或历史的理性，不管奠定它的秩序是什么，统治着物的世界，不是人的世界。正如反叛者把谋杀看成是他应在死去的同时加以认可的界限，如果他要从事谋杀的话；同样，暴力只能是一种极限，这种极限同另一种暴力相对立，譬如在发生起义的情况下。当极度的非正义使起义成为无法避免时，反叛者事先拒绝为某种学说或国家利益服务的暴力。例如，一切历史的危机都是以制度告终的。如果我们对危机本身——它是一种纯粹的冒险——没有任何控制，那么我们对制度是有控制的，因为我们能确定它们，选择那些我们为之奋斗的制度，并能使我们的斗争朝着这方向进行。真正反叛的行动只是为了限制暴力的制度，而不是为了使反叛的行动成体系才同意武装自己。一场革命只有当它立即保证取消死刑的情况下才值得人们为它而死，只有当它事先拒绝进行无限期的惩罚的情况下才值得人们为它去坐牢。如果起义的暴力朝着这些制度的方向展开，并尽可能地公布这些制度，那么，对于这种暴力来说，这将是真正成为暂时的唯一方式。当目的是绝对的，也就是说从历史角度来说，当人们认为这目的是确定无疑的时，人们便能勇往直前直至牺牲其他一切。如果情况并非如此，人们就只能牺牲自我，为共同的尊严进行斗争。只要目的是好的，可以不择手段？这有可能。但是，谁来证明目的是好的呢？对于这个历史思想留下的悬而未决的问题，反叛的回答是：手段。

这种态度在政治上意味着什么？首先，它有效吗？应当毫不迟疑地回答，这种态度是今天唯一有效的。有两种有效性：一种是台风式的，另一种是浆汁式的。历史专制主义并不灵验，它是高效率的；它夺取了政权并保持了政权。一旦大权在手，它就摧毁唯一的创造性的现实。不妥协和受局限的行动始于反叛，它维护了这种现实，并且仅试图进一步发展这种现实。并不是说这种行动不能取胜，而是说这种行动有可能不获胜和消亡。然而，革命或冒这个风险，或承认它从事的是同样遭人蔑视的新主子的行径。一种同荣誉相分离的革命背离了自身的渊源，它的渊源就是荣誉的统治。总之，这种革命的选择局限在

172

物质的有效性和虚无，或者冒险和创造。过去的革命者忙于最紧要的事情，他们的乐观主义是完整的。然而，今天的革命精神在意识和远见方面已得到加强；它积累了一百五十年的经验，在这些经验的基础上，它能进行反思。此外，革命已经失去了它令人陶醉的魅力。它是一种扩展到全世界的神机妙算。即使它不承认也罢，它始终明白它将是世界性的或将不存在。它的机遇在冒世界战争的风险中保持平衡，即使取得胜利，这场战争留给它的只是成为废墟的帝国。革命便能继续忠实于它的虚无主义并在结合中体现历史的最终理性。于是应放弃一切，除了将改变人间地狱面貌的宁静的音乐之外。但是，革命精神在欧洲也能第一次和最后一次思考自己的原则，自问是怎样一种偏差使它在恐怖和战争中迷失方向，并根据其反叛的理性重新恢复它的忠诚。

适度与过度

革命的迷失方向首先由对这种界限的无知或系统的否认得到了解释，这种界限似乎与人类本性不可分离，而且反叛正揭示了它。既然诸种虚无主义思想忽视这个界限，那么，它们最终将投入到一种匀加速运动之中。任何东西都不再阻止它们产生的后果，它们证明整体的毁灭或不确定的征服是正确的。在对反叛和虚无主义进行详尽考察之后，我们现在知道，除了历史有效性之外没有其他限制的革命意味着无限制的奴役。为了避开这种命运，革命精神如果要保持活力，它就应该重在反抗的源头经受锻炼，而且向唯一忠实其源泉的思想，即有限制的思想汲取教益。如果反叛所发现的界限正在改观一切，如果超出某一点的任何思想和任何行动否定自己，那就确实存在一种衡量物与人的尺度。反叛在历史中就如同在心理学中一样，是一个以最疯狂的振幅摆动的失控的钟摆，因为它寻求其深刻的节奏。但这种失控不是完全的失控。它是围绕着一个中轴摆动的。反叛提出了人的共性，与此同时，就宣布了属于这种共性原则的尺度和界限。

今天，任何反思——虚无的或实证的反思——有时在不知觉中使这种衡量事物的尺度产生，而科学本身也确认这种尺度。量、直至今天的相对性、不定性的各种关系，这一切都确定着一个只有在我们这样的中等量值范围内才拥有可确定性的现实世界。[1] 引导着我们世界的诸种意识形态是在具有绝对科学量值的时代诞生的。相反，我们的实际知识只准许一种相对量值的思想。拉扎尔·皮凯勒说："智慧就是我们不把我们所想的东西推到底的能力，为的是使我们还能够相信现实。"近似的思想是现实唯一的发生器。[2]

说到底，不存在在其盲目行进中不使其自身的衡量尺度显现出来的物质力量。所以，想要推翻技术是无用的。纺车的时代已经过去，梦想手工业式的文明是徒劳的。机器只有在现时对它的使用方式中才是坏的。应该接受它的恩惠，即使人们拒绝它的破坏性。运输者对他日夜驾驶的卡车了如指掌并且满怀情谊有效地使用它，这卡车并不欺侮他。真正的非人的过度就在劳动分工之中。但是，由于超过尺度，一架有一百个程序、只由一个人操纵机器、仅创造一种物件的日子来临了。这个人在不同的层次将重新部分地获得他在手工业中拥有的创造力。

---

[1] 关于这一点，可参看拉扎尔·皮凯勒出色而奇妙的文章《物理证明哲学》（《恩培多克勒》杂志，第7期）。——作者原注

[2] 今天的科学背叛了它的根源并且否定它自己的成果，因为它任凭自己为国家恐怖主义和强权精神服务。它的惩罚和衰落就是在抽象的世界中制造毁坏和奴役的方法。但是，当界限被达到时，科学将可能为个体反抗服务。这种可怕的必然性将标志着决定性的转折。——作者原注

无名的生产者于是靠近创造者。当然，还不能肯定工业过度会马上走上这条道路。但它已通过它的运行表明了尺度的必要性。而且它引起组织这种尺度的思考。或者，这种界限的价值终将得到利用，或者当代的过度将只有在普遍的毁灭之中才能找到它的规律和平静。

适度的这种规律同样延伸到反叛思想的一切二律背反之中。现实并不完全是理性的，而理性的东西也不完全是现实的。在谈到超现实主义时，我们已经看到：对统一的欲望并不仅仅要求一切都是理性的。它还要求非理性的东西不被牺牲掉。我们不能说一切都没有意义，因为人们由此肯定一种由判断认定的价值。我们也不能说一切都具有意义，因为一切这个词对我们来讲是没有意义的。非理性限制赋予它尺度的理性的东西。终于，某种东西有了我们应该在无意义上面取得的意义。同样，我们不能说存在只是处于本质的水平上。若不在实存和生成的范围内，又在何处把握本质呢？但我们不能说，只是实存存在。总是在生存中的东西不能存在，必须有一个开始。存在只有在生成中感觉到自身，而若没有存在，生成则一无所有。世界并不处于一种纯粹的固定不变之中，但它也不仅仅是运动。它是运动和固定。譬如，历史的辩证法并不是无限地朝着一种不为人知的价值逃避，而是围绕着界限这一最初的价值转动。赫拉克利特是生成的创立者，他还赋予这种永久的流动以一种界限。复仇女神——给过度带来不幸的适度女神——象征着这种界限。要对反叛的当代矛盾进行分析的思考应该向这位女神求得启示。

道德的二律背反也同样由于这种中介价值而开始得以阐明。品德不可能脱离现实而不成为恶的原则。同样，它也不能绝对地与现实同一而不否定自身。最终，反叛所揭示的道德价值并不凌驾于生活与历史之上。同样，历史和生活也并不凌驾于道德价值之上。事实上，道德价值只有在一个人为它献出生命或把生活托付于它的时候才能在历史中获得实在。雅各宾和资产阶级的文明认为价值高于历史之上，而这种文明的形式品德则建立起一种令人厌恶的神秘化。二十世纪的革命宣告：各种价值相混于历史的运动，而且它的历史理性为一种新的神秘化申辩。面对这种失控，适度告诉我们，任何道德都应该有一部分现实主义的东西：纯粹的品德是会杀人的；而且任何现实主义都应有一部分道德：犬儒主义就会杀人。这就是为什么人道主义的空话并不比卑劣的挑衅更能站得住脚的原因。人最终不能是完全无罪的，他并没有开创历史；他也不能是完全无辜的，因为他在延续历史。超出这个界限并且肯定自己完全无罪的人们最后陷入最终罪恶的疯狂之中。相反，反叛则把我们推上经过谋算的罪恶道路。它唯一的、然而是无法遏止的希望，严格说来是体现在无辜的杀人者之中的。

　　在这界限上，"我们存在"荒谬地确定着一种新的个人主义。"我们存在"在历史面前，而历史应该重视这"我们存在"，这"我们存在"反过来应该在历史中坚持。我需要其他人，而其他人也需要我和每一个人。每个集体行动、每个社会都设定一种纪律，若没有这种纪律，个人就只是屈从于敌对集体压力的一个局外人。但是，如果社会和纪律否定这个"我们存在"，它们就会迷失方向。在某种意义上说，只有我一个人承担了共同的尊严，我不能让这种尊严在我和其他人身上被吞噬掉。这种个人主义不是享乐，它永远是斗争，有时是在自豪的怜悯的顶点上的无与伦比的快乐。

正午的思想

至于要弄清这样一种立场在现今世界是否有它的政治表现，那么很容易提到——而这只是一个例证——人们传统称作为革命工团主义的东西。这种工团主义本身难道不是无效吗？回答很简单：正是它在一个世纪中奇妙地改善了工人的境况，从一天工作十六小时到每星期工作四十小时。意识形态的帝国，使社会主义向后倒退，并且摧毁着工团主义的大多数胜利成果。因为工团主义是从具体的基础出发的，即职业——它属于经济范畴，正如公社是属于政治范畴，即有机体赖以建立的活的细胞。至于专制的革命则是从学说出发的，而且强行使现实服从学说。和公社一样，工团主义否定官僚主义的和抽象的集权主义[①]而注重现实的利益。二十世纪的革命则相反，它声称建立在经济基础上，但它首先是一种政治，一种意识形态。鉴于它的功能，它不能避免恐怖和对现实施行暴力。不管它的欲望是什么，它都从绝对出发来塑造现实。相反，反叛依靠现实为的是向着真理在不断的战斗中前进。反叛试图由上至下得以完成，

---

① 未来的巴黎公社社员多兰说："人类只有在自然团体的内部才能获得解放。"——作者原注

真理则要从下至上得到完成。反叛远不是一种浪漫主义，相反，它支持真正的现实主义。若它要求一种革命，那它为的是生命而不是为着反对生命。这就是为什么它首先依靠最具体的现实：职业、村庄、存在物与人的跳动的心脏，在这些现实中忽隐忽现的缘故。至于政治，它应该屈从于这些事实。最后，它推动历史前进并减轻人们的痛苦，它从事这一切而没有造成恐怖——如果不是说没有暴力的话，而且是在各种迥然不同的政治条件下进行的。[1]

但是，这个例证比它表面的涵义要深刻得多。恰恰是在专制革命战胜工团主义和极端自由主义的那一天，革命思想在自身中失去了一种抗衡力量，而它不能失去这种力量，否则就会衰落。这种衡量力量，这种衡量生活的精神，就是使悠久传统活跃起来的抗衡力量本身，这种传统就是人们可以称作太阳思想的传统，在这种传统中，从古希腊开始，本性总是与生成平衡的。在第一国际的历史中，德国社会主义与法国、西班牙和意大利的极端自由主义思想进行不懈的斗争，这部历史就是德国意识形态和地中海精神之间进行斗争的历史。[2]反对国家的

---

[1] 只需列举唯一的例证：今天的斯堪的纳维亚社会表明在纯粹政治的对立中所存在的人为的和杀人的东西。最多产的工团主义与君主立宪在这一点上和解了，它还在实现一个近似公正的社会。历史的和理性的国家首先关注的则相反，是永远粉碎职业组织和公社的自治。——作者原注

[2] 参见马克思给恩格斯的信（1870年7月20日），信中马克思希望普鲁士战胜法国："德国无产阶级对法国无产阶级的优势同时是我们的理论对普鲁东理论的优势。"——作者原注

公社，反对绝对社会的具体社会，反对理性暴政的反思的自由，最终反对群众殖民化的利他的个人主义，这些于是成了再次体现自远古社会以来活跃着西方历史的适度与过度之间的长期较量的二律背反。这个世纪的深刻冲突可能并不是发生在历史的德意志意识形态和基督教政治之间——二者以某种方式成为共谋，而是发生在德意志梦幻与地中海传统之间，永葆青春的暴力与成熟的力量之间，被知识与书本激起的怀念与在生活奔波中变得坚强、得到指引的勇气之间，最后是历史与自然之间。但是，德意志意识形态在此是继承者。最初以历史之神的名义、然后以神化历史的名义反对自然的二十个世纪的徒劳斗争正是在德意志意识形态中结束的。无疑，基督教只有尽可能地吸取希腊思想，才能战胜天主教。但是，当教会清除其地中海遗产时，它特别强调历史而有损于自然，使哥特语战胜罗马语；它摧毁自身中的界限，越来越多地要求时间的威力和历史的活力。自然不再是沉思与欣赏的对象，它随后只能成为旨在改变它的某种行动的材料。这些倾向，而不是可能造成了基督教真正力量的中介概念，在现今时代中通过事物正确的回归，在反对基督教本身的斗争中取胜，把上帝从这历史天地中确实驱逐出去，而德意志意识形态诞生于行动，这个行动不再是完善，而是纯粹的征服，也就是暴政。

但是，历史专制主义尽管取得了胜利，却始终遇到人的本性不可抗拒的要求，而地中海保留着人的本性的秘密，在地中海，智慧与强烈阳光是孪生姐妹。反叛的思想，公社或革命工团主义的思想都面对资产阶级虚无主义——就像面对专制社会主义——从未停止过高呼这种要求。专制思想借助于三次战争并由于从肉体上消灭了反叛者中的精英，吞没了具有这种极端自由的传统。但这不足道的胜利是暂时的，斗争还在延续着。欧洲从来只是存在于这正午与午夜之间的斗争中。只有从这场斗争中逃脱，日被夜所遮蔽，欧洲才会衰落。今天，这种平衡的打破带来最美好的果实。我们被剥夺了中介，流离了自然的美。我们又一次回到《旧约》的世界，夹在残忍的法老和无情的天空之间。

在共同的灾难中，古老的要求于是又诞生了；本性又一次屹立在历史面前。显而易见，问题不在于蔑视什么，也不在于颂扬一种文明反对另一种文明，问题是只要说出存在着一种当今世界将不能长期缺少的思想。确实，在俄国人民身上有着赋予欧洲以牺牲力量的东西，而在美国人身上，则有一种必要的建设伟力。但是，世界的青春总是围绕着同样的岸边。我们这些地中海人被抛入无耻的欧洲——最值得骄傲的种族由于被剥夺了美和友谊正在其中死去，我们总是依靠同样的光线生活。在欧洲的深夜，太阳思想、双重面貌的文明都期待着它的曙光，但这曙光已经照亮了真正均衡的道路。

真正的均衡在于为对时间的偏见辩护，而首先是为这些最深刻、最不幸的偏见辩护，它们要使摆脱了过度的人由此还原为一种贫乏的智慧。的确，当过度为自己付出尼采的疯狂时，过度可能是一种神圣。但是，这种在我们文化舞台上炫耀的灵魂的狂醉，是否总是过度的目眩、不可能物的疯狂，而这种疯狂导致的灼伤永远不再离开至少有一次投身于其中的人？普罗米修斯曾具有这种希洛人①或检察官的面目？不，我们的文明是在懦弱的、可憎的灵魂的自得中，在未老先衰者的虚荣愿望中幸存。路西法也与上帝一起死去，从他的骨灰中出现一个平庸的、甚至不知何去何从的魔鬼。在一九〇五年，过度总是一种舒适，有时是一种放任。相反，适度则是一种纯粹的紧张。无疑，它在微笑，而我们孜孜不倦献身于来世说的狂热分子对这微笑不屑一顾。但这微笑在一种不懈努力的顶峰上闪闪发光：它是一种补充力量。这些向我们显示吝啬面孔的欧洲小人如果不再有力气微笑的话，他们为什么要把他们绝望的狂热作为优越的榜样呢？

过度的真正的疯狂在死亡，或者建立它自身的适度。它并不使他人死亡以为自己寻找一个借口。它在最极端的撕裂中重新找到它的界限，如果必需的话，它会像卡利阿耶夫一样在这界限上献身。适度并不是反叛的反面。反叛就是适度：反叛理顺、捍卫适度并在历史及其杂乱无章中重建适度。这种价值的根源本身向我们保证它只能够被撕裂。适度产生于反叛，它只能通过反叛生存。它是一种不断被智慧激发和控制的经常性的冲突。它既不战胜不可能，也不战胜深渊。它与二者平衡相处。不管我们做什么，过度总将在人的内心中、在孤独的地方保留

---

① 希洛人，斯巴达的国有奴隶。

其位置。我们每个人身上都背负着苦役、罪恶和灾难。但是我们的任务并不是在世界上激发它们，我们的任务是在我们自身与其他人身上击败它们。巴雷斯[①]曾说过的、今天还这么说起的反叛即不逆来顺受的意志就属于这种斗争原则。反叛就是形式之母，是真正生命的源泉，它使我们永远屹立在历史的不定形的、愤怒的运动之中。

虚无主义之外

对人来说，存在一种处在中间的水平即他的水平上的可能的行动和思想。任何更有奢望的事业都显示为矛盾的。通过历史，绝对并没有被达到，尤其是并没有被创立。政治不是宗教，它是专横严格的调查。社会何以确定一种绝对？也许每个人都为所有人寻找这个绝对。但是，社会和政治仅仅担负着解决所有人的事情的责任，为的是使每个人都能有欢娱和自由去进行这个共同的寻求。历史不再被树立为信仰的对象。它只是一种机会，问题是要通过警惕的反叛使这种机会变得频繁起来。

勒内·夏尔绝妙地写道："收获梦的缠绕以及对历史的漠不关心，这是我的弓的两端。"如果历史的时间并不是收获的时间造成的，那么历史确实只是一片转瞬即逝的严酷的阴影，在这片阴影中不再有人的份。谁献身于这个历史就是献身于空无，而他自己也是一无所是。但是，谁献身于他的生命时间，献身

---

① 莫里斯·巴雷斯（Maurice Barrès，1862—1923），法国作家。

于他保卫着的家园，活着的人的尊严，那他就是献身于大地并且从大地那里取得播种和养育人的收获。最终，那些推动历史前进的人，也就是在需要时会奋起反对历史的人。这意味着一种无限的紧张和同一位诗人谈到过的紧张的安详。但是，真正的生活是在这撕裂的内部出现的。它就是这种撕裂本身，就是在光的火山上翱翔的精神，是公平的疯狂，是适度的筋疲力尽的不妥协。对于我们来说，在这漫长的反叛经历的边缘回响的不是乐观主义的公式——我们的极度不幸使这些公式有何用？——而是勇气和智慧的话语，这些话语靠近大海，是相同的道德。

今天，没有一种智慧能提供更多的东西。反叛不懈地反对恶，从恶出发，反叛所要做的只是进行一项新的冲击。人能够在自身中控制一切应该控制的东西。他应在创造中弥补一切能够弥补的东西。这以后，孩子们总会不公正地死去，即使在完美的社会中也是如此。人竭尽全力只能设法在算术级数上缩小世界的痛苦。但是，非正义和痛苦还将继续，尽管受到限制，它们将继续成为丑闻。卡拉马佐夫的"为什么"还将继续回响。艺术和反叛只会与世上的最后一个人一起死亡。

无疑，在人们追求统一的狂热欲望中存在着一种人们积累起来的恶。但是，另一种恶源于这杂乱无章的运动。在这恶面前，在死亡面前，人在灵魂深处呼唤正义。历史的基督教只以王国、后来又以建立在信念上的生来回答这种对恶的抗议。但是，痛苦销蚀着希望和信念，它因而是孤独的、得不到解释的。

受尽苦难与死亡的劳动群体是没有上帝的群体。我们的位置从此就在他们一边，远离新老圣师。历史的基督教却把在历史中忍受的恶与谋杀的治愈推到历史之外。当代唯物主义也以为能回答一切问题。但它是历史的仆从，它扩大着历史谋杀的领域并且同时使它得不到任何解释，除了在仍然要求信念的未来中。在这两种情况下，应该等待，而且在这期间，无辜不停地死去。二十个世纪以来，恶的总数在世界上并没有减少。耶稣的再临人间——不管是神性的，还是革命的——没有一次得以实现。非正义始终与一切痛苦黏着在一起，即使是那些在人们看来最值得忍受的痛苦也罢。普罗米修斯面对压迫他的各种努力所持的长期沉默始终疾呼着。但普罗米修斯时而看到人们也转而反对他并且嘲笑他。他被夹在人的罪恶和命运、恐怖及独裁之间，他只剩下了反抗的力量以从谋杀中解救那还能成为谋杀的东西，而不向亵渎神明的傲慢让步。

于是，人们明白：反叛不能脱离一种古怪的爱。那些既不能在信仰上帝中也不能在历史中获得安息的人注定要为那些像他们一样的不能生活的人而活着：为那些被欺侮的人。反叛最纯粹的运动于是笼罩上了卡拉马佐夫嘶声的呼喊：如果他们全体没有得救，单解救一个人又有什么用？这样，天主教囚徒们今天在西班牙监牢里拒绝受洗礼，因为当局的卫道士在某些监狱里把洗礼变成强迫的事情。这些人是受折磨的无辜的唯一见证人，如果必须以非正义与受压迫为代价而获救，他们宁愿拒绝得救。这种疯狂的慷慨大度就是反叛的慷慨大度，它及时地给出它爱的力量，并永远拒绝非正义。它的荣光就是什么都不计较，就是把一切贡献于现时的生活和活着的弟兄们。就这样，它为将来的人们竭尽全力。真正的向着未来的慷慨大度在于把一切都给予现在。

反叛由此证明，它是生命运动本身，只要不弃绝生命，就不能否定它。它的每一次最纯粹的疾呼都使一个人站起来。它就是爱情的多产，或者就什么都不是。没有荣誉的革命、计算的革命宁要抽象的人而不要具有肉身的人，只要必须，它就否定存在，用怨恨取代了爱。忘记了自身慷慨的渊源的反叛一旦任凭自己被怨恨染指，立刻就否定生命，走向解体，并且扶助起这群露出狞笑的小小的捣乱者——奴隶的种子，这些人今天最终在欧洲所有的市场主动提供各式各样的奴颜婢膝的效劳。这不再是反叛，也不是革命，而成为仇恨和暴政。那么，当革命以强权与历史的名义变成这种杀人的和过度的机械时，一种新的反叛以适度与生命的名义变得神圣起来。我们就处在这个极端点上。在这茫茫黑暗的尽头，一束光线的出现是不可避免的，我们已隐约看到这束光线，为此我们只应为这束光线能存在而斗争。我们全体超越出了虚无主义，我们正在废墟之中准备一种新生。但很少有人知道这点。

事实上，反叛并不欲求解决一切，它至少已经能正视一切。从这个时刻起，正午在历史的运动中流动。在这灼人的炭火周围，阴影有一刻在挣扎，然后就消失了，而盲人们，摸着他们的眼皮，叫喊说这就是历史。被弃置于阴影中的欧洲人背离了固定不变和光芒四射的点。他们为着将来忘记了现在，因为强权的烟雾而忘记存在的猎获物，因为五光十色的城市而忘记城郊的贫困，为着一块空洞的土地忘记每天的正义。他们对各人的自由感到绝望，幻想一种奇特的人类的自由；他们拒绝孤独的死亡，并且把一种绝妙的集体弥留称为永垂不朽的事情。他们不再相信存在着的东西，不再相信世界和活着的人，欧洲的秘密就是它不再热爱生命。那些盲人曾幼稚地认为热爱生命中的一天就是证明多少世纪的压迫是有理的。所以，他们要抹掉世界画幕上的欢乐，并且把它推向以后。对界限的不耐烦、拒绝它们的双重存在、对成为人的绝望，最终把他们抛进非人的过度中。否定生命的正确的伟大，他们不得不为自身下赌注。由于别无他法，他们只能被神化，而他们的不幸就开始了：这些神的眼睛是空洞洞的。卡利阿耶夫和他全世界的弟兄们则相反，他们否定神明，因为他们拒绝赐死的无限制权力。他们选择了在今天唯一具有特色的规则，并把它们作为我们的楷模：学会生活和死亡，并且要成为人，就要拒绝成为神。

在思想的正午，反叛者拒绝神明以承担共同的斗争和命运。我们将选择伊萨卡①、忠实的土地、勇敢而简朴的思想、清晰的行动以及明晓事理的人的慷慨大度。在光亮中，世界始终是我们最初和最后的爱。我们的弟兄们和我们在同一天空下呼

---

① 伊萨卡，岛名。希腊神话中的英雄尤利西斯（奥德修斯）的王国所在地。

187

吸，正义是活生生的。于是帮助生活和死亡的奇特快乐产生了，从此我们拒绝把它推向以后。在痛苦的大地上，它是不知疲倦的毒麦草、苦涩的食物、大海边吹来的寒风、古老的和新鲜的曙光。在长期的争斗中，我们和这欢乐一起重造这时代的灵魂，重造一个将什么都不再驱逐的欧洲，它既不驱逐尼采——这个魔影在他精神崩溃后的十二年中，西方把他作为自己最高的意识和虚无主义的惊世骇俗的形象来参拜，也不驱逐那个正义的、毫无温情的预言家，他误入"高门"墓地非教徒的方寸之中；它不驱逐被视作神明的、躺在玻璃棺材中行动的人中的木乃伊，也不驱逐任何欧洲的智慧与力量不断地供给一个悲惨时代的傲气的东西。的确，在一九〇五年的殉难者旁边，所有人都能够再生，但条件是要懂得他们正在相互纠正，而且在太阳中有一个界限阻挡他们所有人。每个人都对别人说他不是上帝，浪漫主义在此告终。在这个时刻，我们中的每一个人都应生活在历史中或违背历史剑拔弩张，为的是重新经受考验并且夺得他已经拥有的东西：他田地里微薄的收成、对这块土地的短暂的爱情；在一个人终于诞生的时刻，必须留下时代和它青春的狂怒。弓弯曲着，木在呼叫着。弓在紧张状态的顶点马上将直射出最沉重而又最自由的一箭。